弁当男子の白石くん

月森 乙
TSUKIMORI Oto

文芸社文庫NEO

目次

弁当男子の白石くん

いつからだろう。

なんか、ぐらぐらしてる。地震、とかじゃないのに揺れてる感じ。友達に聞いても揺れてない、っていう。でもやっぱり、なんか、揺れてる。あたしが一人で揺れてるのか。地面が揺れてるのか。どこにいても、何をしてても、なんか、ぐらぐらしてる。

第1章　ピリ辛のこんにゃく

1

ぴゅうう、と、変な音を立てて、春先のまだ肌寒い風が非常階段を吹き抜けていった。

「え!?」

白石(しらいし)くんは、漫画でよくある「え」に点々がついちゃったみたいな声を上げた。

ぼさぼさで長く伸び切った前髪の向こうから見える、今どきそんなのどこに売ってるんだ、みたいな、超ぶ厚いレンズの黒縁眼鏡(めがね)……通称、くるくる眼鏡の向こうの小さな目が恐怖に見開いていた。

……いや、あたし、化け物じゃないし。

と思った瞬間、目の前で思い切りお弁当箱のふたを閉められた。

非常に気まずい。

「ごめん。おいしそうだったからつい、声かけちゃったの」

「目立つグループにいるけどいい人」キャラの表情を顔に貼りつけて笑ってみせた。

それでも、ものすごく頬をこわばらせてる。固い声で、

「あ、いえ」

と、慌てて下を向いた。そのひょろっと背の高い肩を縮こませ、真っ青になって震えている様を見ると、なんか、いじめてるみたいな気になってくる。

冗談じゃないんだけど。

だって、お昼の購買部って、戦場さながらの混み具合だし。早く行かないといいパン、なくなっちゃうし。先に飛びだしたほかのクラスの男子たちが廊下を占領してて追い抜けなかったから、遠回りでも空いてる道のほうが早いかなーと思って非常階段使っただけだし。去年も今年も同じクラスだから知ってるよ。白石くんがいつも一人でひっそりとしてて、ほとんど誰とも話さない、とか、休み時間には必ず教室から姿を消す、とか。昼休みには家に帰るみたいな感じでカバンを肩にかけて、どこかに行っちゃうのだってさ。けどさ、まさかこんなところで一人でお弁当食べてるなんて

思わないよね、フツー。

だからつい、いつもの感じで下から三段を飛び降りて派手に踊り場を曲がったら、ぶつかりそうになって。たまたま、白石くんのお弁当見えちゃっただけじゃん？　そしたらあたしの大好物、見つけちゃったんだもん。別に、意地悪なんかしてない。思わず立ち止まってお弁当の中身をのぞき込んで、

「おいしそう！」

って言っただけだ。たしかにキモいかも。でも、そこまで怖がるとかあり得なくない!?

……というのを一人、頭の中でごちゃごちゃ言い訳していたのだけれど。

白石くん、固まってる。石になっちゃったらどうしよう。ちょっと、ビビりすぎ。けど白石くんは去年の冬ごろにこの学校に編入してきた帰宅部の地味男くん。同じクラスとはいえ、ほとんど接点はない。

まあ、仕方ない、か。

「ほんと、ごめんね」

呪いでもかけられたみたいに固まった白石くんをそこに残し、階段を駆け下りた。

頭の中には、さっきのお弁当の残像が離れなかった。クラスの男子のお弁当は大体、茶色くて量が多い。焼き肉とか唐揚げとか、卵焼きとかソーセージとかがぎっしり

入っているやつだ。でも白石くんのは違った。カラフルでまるで料理自慢のＳＮＳにアップされてるみたいなすごいやつだった。ちょっと、ママのお弁当に似ている気がした。

なんか、いいな。お母さんから作ってもらったのか。

そんなことを思ってしまい、慌てて別のオプションを考える。

もしかしたら彼女とか。いや、もしそうなら一緒に食べるだろうな。いや、他校の生徒とか？

おいしそうだったな。

お弁当の隅に、ちょこん、と、詰められていた大好物を思い出す。

ピリ辛のこんにゃく。

細切りのこんにゃくを醤油(しょうゆ)とか砂糖とかで炒めて、鰹節(かつおぶし)と七味でからめた、アレだ。

考えるだけで口の中に唾が湧く。それを、ごくん、と飲み込み、購買部を目指した。

高二が始まったばかりの、まだ肌寒い非常階段でのことだった。

2

それから、二か月がたった。

昼休みを知らせるチャイムが鳴ると、

「おーい、古都（こと）！　購買行くなら急げよ！」

となりのクラスの石館充（いしだてみつる）が、うちのクラスに顔を出した。いつものことなのに、全員の視線がそっちに向く。サッカー部でチャラいから目立つのだ。中学のときはずっとクラスが一緒だったけど、高校になってからは去年も今年も分かれた。なんとなくつかず離れずのまま、同じグループみたいになっている。

別に、わざわざ声かけてくれなくてもいいのに。

肩より少し長い髪を片手でかきあげた。

なんか、タルい。……暑いし。

「先行ってて」

いつものようにひらひらと手を振った。

視界の端に見えた充は一瞬、傷ついたみたいな顔をしたけれど、すぐにまたいつもの明るい笑顔で、「急げよ」と、言い残して行ってしまった。

三か月前、ママが男を作って出ていった。今、うちは父子家庭。ママは食事をものすごく大切にしていたけれど、パパにとっては空腹を満たすだけの行為みたいだ。お金を渡されて、「自分の分は自分でどうにかしてくれ」と言われた。子供のために弁当を作ろう、という気もないらしかった。あたしも自分一人のためだけに弁当作るとか、絶対ヤダ。

というわけで、それ以来毎日、あたしはお昼ごはんを購買部で買っている。ママは専業主婦で、オーガニックとか、手作りとか、健康とかに異常にこだわる人だった。だから購買部のパンなんか食べたことなかった。そういう加工品みたいなものに憧れがあったから毎日財布を持って購買部に向かうのもゲームみたいで楽しかったけど。

ハッキリ言って、飽きた。

うちは公立のおんぼろ高校なので、ほかの学校にあるようなおしゃれなカフェテリアとか売店はない。一階の一角が古ぼけた購買部になっていて、「松本（まつもと）パン」という近所のパン屋から運んだパンをそこのおばちゃんたちが数人でさばいている。

充の家は共働きで、お母さんが会社の人と一緒にランチに行くときだけはお弁当がない。そしてあいつの狙いは毎回変わらず、松本パン特製ハンバーガー。分厚くてジューシーなハンバーグに半熟卵とベーコンとレタスとトマトがこれでもか、と、ぎゅうぎゅうにはさまっている。おいしいのだけれどこの半熟卵が曲者（くせもの）で、知らずに食べると必ず黄身がでろっとこぼれて制服を汚す。みんな文句を言っているけれど、おばちゃんたちは知らん顔。制服を汚すのを見てこっそり喜んでるのかもしれない。

「もうー、古都。早く行きなよ」

「早くしないとあたしたち、食べ終わっちゃうよ」

親友の八神陽菜と相馬佳乃がいつものように机をくっつけはじめた。ゆるいウェーブの肩までの髪にぱっちりした目元の陽菜と、さらっさらのロングヘアが自慢のクールビューティの佳乃は学校の中でも有名な美少女だ。

「おまえら、何に出んの？　おれ、バレー」

ラグビー部の宮内が大きなお弁当を抱えて、早速陽菜のとなりの席を陣取った。先月、陽菜に振られたばかりだけれど少しもめげない。

今は三週間後のスポーツ大会のことで頭がいっぱいらしい。ほんの十分ほど前に、全員の参加種目が決まったばかりだ。

「えー、ドッジボール」

陽菜がめんどくさそうに答える。

「またかよ。去年もそうだっただろ？」

「とっとと負けてほかの人の応援に回る」

人見知りの佳乃は、中学からの友達だというのに相変わらず愛想がない。みんなからはちょっと怖がられている感じだけど、大学生のカレの前ではデレデレだ……というのは陽菜とあたしだけが知っている。

「なんで負ける前提なんだよ！」

バレー部の池田(いけだ)は同じ中学ではないけれど、去年も同じクラスだった。宮内とはバカのレベルが同じらしく、いつもつるんでいる。最初は佳乃の不愛想ぶりにビビっていたけれど、今ではもう慣れっこみたいだ。佳乃のとなりの空いた席に座った。

「やるからには勝て！　目指すは全種目優勝！」

「弱小バレー部がよく言うわ」

うちの学校は学校行事にいちいち激しく盛りあがる。そういう校風に憧れて入学する子も多い。宮内と池田もそのクチだ。……というわけで、この二人はまだスポーツ大会の話で大盛りあがりしている。

「ちょっと古都。まだ……」

ここにいるの？　と言いかけた陽菜に目配せをしてやる。宮内と池田に自分の席を取られた大人しい男子が「なんでここに座るんだよ」って心の中でつぶやいてそうな顔で立ちつくしているのに気づいたからだ。陽菜もわかっていて、

「いつもごめんね、席借りちゃって」

と笑いかける。彼らはこわばった顔で「あ、はい」とか言いながら、お弁当箱を

持って、遠慮がちに宮内と池田の席に向かった。最初は、はたから見ても心臓をバクバクさせてるのがわかったけれど、これが一種の儀式だと気づいてからは彼らも無表情に徹している。

陽菜もすぐに笑顔をひっ込め、自分のお弁当の包みを開いた。佳乃は大人しい子たちには見向きもしない。笑顔を見せるのさえもったいない、と思ってるみたいだ。

まあ、世の中ってそんなもんだ。

あたしはようやく重い腰を上げた。

「ちょー、めんどくさい」

独り言だったのに、宮内と池田に席を取られた大人しい二人が怯(おび)えるみたいに見てきた。自分たちに言われたと思ったのか。

……頼むから、いちいちビビんないでよ。

仕方ないから、「いい人そう」な笑顔で笑いかけた。彼らはほっとしたみたいに表情を緩め、小さく頭を下げてきた。

のろのろと廊下に出た。陽菜も佳乃も、最初はあたしが帰ってくるまで待っていてくれたのだけれど、それも悪いので先に食べはじめてもらっている。

ひとりでちんたら購買に向かうあたしの傍らを、人気のパンをゲットした人たちが通り過ぎていく。いつものように非常階段のほうへと足を向ける。「立ち入り禁止」

という紙が貼ってあるドアを押す。鍵はかかっていない。

今日もいるかな。

三階と二階の間の踊り場、二階へ下りる階段の一番上に腰をかけてお弁当を食べているその姿を想像する。そう、白石くんだ。

ぶつかりそうになったあの日から、あたしは毎日ここを通るようになった。彼の座っている階段の反対端を通りつつ、ちらっとお弁当をのぞき見するのが日課になっている。わざと、

「ごめーん。ちょっと横、通るね」

と、挨拶し、白石くんが顔を上げたその瞬間に目の端でお弁当の中身を見る。

最初は、

なんで来るんだよ！

みたいな空気をビンビンに感じていたけれど、最近ようやく慣れてきたらしい。いや、気づいたのかもしれない。

これは儀式だ。

強い者のやることに弱い者は口を出さない。どんなに不快でも理不尽でも関係ない。

それが、学校内での暗黙のルール。

とはいえ、白石くんのお弁当をのぞき見したからといっていいことがあるわけでも、

得する、というわけでもない。吸い寄せられちゃうんだから仕方ない。もう一回見たい。その一心で毎日ここを通る。

ピリ辛のこんにゃく。

それは、ママの作る中であたしが一番好きな料理だった。

「なんでこんなに手をかけていろいろ作ってるのに、これが一番なの？」

ママはいつも、理解ができない、というように首を傾げた。

前の自分だったら、ママのお弁当を恋しいと思うことなんか一度もなかった。むしろウザいくらいだったのに。

階段を駆け下りながら、心臓がバクバクと音を立てる。

昨日は卵焼きととんかつが入っていた。彩りにチェリートマトとレタスとブロッコリー。残念なことに副菜は大豆とひじきの煮物だった。

一瞬でそこまで認識できる、あたしの動体視力は我ながらすごいと思う。

いつものようにくるっと踊り場を回る。

「ごめーん」

ちょっと横、通るね。

と言いかけて言葉に詰まった。

白石くんは、今日はお弁当を食べていなかった。

3

踊り場の下半分が壁になっている手すりからぼんやり校庭を見ていたのだけれど、あたしの声を聞くと、びくっと体を震わせて顔を向けた。その表情を見て息が止まりそうになった。

ものすごく思いつめてるみたいに見えたから。

「……どうしたの？」

「目立つグループにいるけどいい人」キャラを作るのを忘れてつい、地声で話しかけてしまった。

あ、やべ。

でも白石くんはやっぱりどんよりしたままだった。

……まあ、いっか。

今さら、にせものの笑顔を作ってなんになるというのか。白石くんのお弁当をのぞき見しはじめてはや二か月。あたしの中では、友達、とまではいかないけれど、ただのクラスメイト、というわけでもなくなっていた。自分でもよくわからないけれど、「白石くんなら大丈夫」という、変な自信があった。

白石くんはあたしのキャラ変にも気づかないみたいで視線を避けるみたいにうつむいた。返事はもらえなさそうだったので、

「……今日はもう、食べ終わったんだ」

「はい」

それで気づいた。隅に寄せるように置いたカバンは開いた形跡もない。

もしかしたら今日、お弁当ないのかも。

このまま行くのも、この話題で引っ張るのも気まずい。わざとらしく話題を変えるのもさらに白々しい。

「早いね」

「はい」

一応答えてはくれたけれど……「はい」って、なんなの？

ムッとしかけて我に返る。

いやいや。友達でもないんだからこんなもんでしょ。

がんばって自分をなだめる。

わかってるんだけど、なんか最近、少し気弱になっている。人に冷たくするのもされるのも、ちょっとこたえる。「ママから捨てられた人」というシールがべったり貼りついてるみたいな、そんな感じ。

もちろん、こんな勝手なあたしの思いに気づくわけもない。白石くんはうつむいたままだ。ぶ厚い眼鏡に顔半分隠れているのに、それでも「放っておいてくれ」という空気を痛いほどに感じた。

……そういうことか。

白石くんは、時々こういうふうになるときがある。お箸を持ったままぼんやり前を見ていることもあるし、ひざの上にお弁当箱を置いたまま、うつむいているときもある。そういうときは、「放っておいてくれ」「おれを一人にしておいてくれ」みたいなオーラをガンガンに感じた。でも今日は……ネガティブ具合が半端じゃない。

それは、お弁当がなくて悲しんでいる、というわけではなさそうだった。

というのも、たまにお弁当を食べていないときがあるのは知っていた。そういうとき、白石くんはいつもこうやって外を見ながら教科書を開いている。でも、今日は教科書さえ開いてない。

これは、話しかけたらまずいやつだ。

気持ちがわかる。すごく失礼だと思うけど、こういうときだけ白石くんにすごく親近感を覚える。仲間、みたいな、それこそ友達みたいな気がしてしまう。実はあたしも自分の部屋でこんなふうになってること、結構多いから。

これ以上邪魔しないようにそのまま行こうとしたら、

「おれ、早食いだから」

慌てたみたいに白石くんは言った。意外だった。今日はこれ以上の会話はないと思っていたから。

早食いじゃないのは毎日見て知ってるのに。

こういう状況なのに、つい、笑いだしそうになる。

言い訳にせよ気づかいにせよ、なんらかの感情がそこにあるのに気づいたから。あたしもなるべく喜んでいることを悟られないように、「じゃあね」と、その場をあとにした。

階段を駆け下りながら、ふと、先週の体育の時間を思い出した。男子はサッカーをしていた。中でもひときわ大きいのが白石くんだった。もしかしたら足が速いとかうまいとかなのかな、と思って見ていたけれど、足は遅いわ、ボールを蹴っても当たらないわで、

「何やってんだよ!」

と怒られていた。挙句の果てには、やっとの思いでボールを確保したのに、逆走してドリブルし、「テメーのゴールはこっちじゃねーだろ!」と、宮内からタックルを食らっていた。

悪いけど、ひそかに笑わせてもらった。

そんなことを考えて一人でにやつきながら購買部に着いたときにはすでにほとんどのものが売り切れていた。顔なじみのおばちゃんが呆れたようにあたしを見た。

「あんた、いつも遅いわねね」

「だって混んでるんだもん」

「たしかに嫌よね、毎日だと。わかるわあ」

おばちゃんはうなずいてくれた。おばちゃん相手だとキャラを作らなくていいから、ほっとしてつい、口数が多くなる。

「でも今日はラッキーだったね。卵サンドとハムサンドが残ってるよ。あんたの好物のクリームソフトフランスパンもまだある」

「じゃあ、卵サンドとクリームソフトフランス。あと、フルーツの乳酸飲料」

このとき、不意にさっきの白石くんの姿がまぶたの裏に浮かんだ。ただ、おとなしいだけじゃない。あの、どよーんと暗い感じが気にかかった。

それが、自分の部屋でうずくまっている自分の姿に重なってしまった。

「やっぱりハムサンドも」

気がついたらそう口にしていた。お金を払ってその場を離れ、今日だけはふつうの速さで非常階段に向かう。いつもは校舎の中を、これ以上ゆっくり歩けないほどゆっくり歩いて教室に戻るのだけれど。

……なんのことはない。クラスに帰るのが嫌なだけだ。陽菜と佳乃が「早く帰ってこい」と言うのに、あたしがのろのろ購買に行く、本当の理由。

みんなが、お母さんが作ったお弁当を食べているのを見るのがつらいのだ。

実際に自分が作ってもらっていたときは何も感じなかったけれど、今では見るとうらやましくなる。胸がねじれるみたいに痛んで、ご飯が食べられなくなる。ママが今、再婚相手のおじさんのために作ってることを想像すると、キモいとか、ズルいとか、そういうのがもやもやと心の中に渦を巻く。だから心の平穏を保つため、みんなが食べ終わりそうなくらいに戻るようにしている。

でもなんでだろ。白石くんのお弁当は、見たいんだよなあ。

考えて、気づく。

多分、ちょっとだけ見るからいいんだと思う。毎日ふたを開けたところから、食べるところ、食べ終わって片づけるところまで見てしまうと嫌になる。薬が毒に変わる、とか、そういう感じだ。ちょっと見るだけなら薬。たくさん見たら、毒。

帰りも非常階段を使ったら邪魔しちゃって悪いかなあ、とも思う。でも、いいよね。だって今日は白石くん……いつもと違うし。ハムサンドも買っちゃったし。

階段を一段飛ばしで上がっていくと、白石くんは微動だにしていない様子でまだ校庭を見つめつづけていた。

「白石くん」

声をかけたら大きく肩を震わせて振り返った。どうやら、あたしの足音にも気づかなかったらしい。

まだ、さっきのどんよりムードのままだ。

なんかあったの？

聞いてみたい気もするけど……話してはくれないだろうな。

「え……なんで戻ってきたの？」

思わず、「戻ってきてすみません」と、言いそうになったけれど、何も言わなかった。白石くんがとってつけたみたいに笑顔を見せてくれたから。でも、その青ざめた頬に浮かべた、ひきつった笑顔を見たら胸がひりついた。

「もうお昼、食べ終わったんだよね？」

「あ、はい」

「まだ食べられそう？」

「……なんで？」

また「ありません」とか、壁を作られると思っていたので、ずっこけそうになった。

でも、よかった。

「ハムサンドか卵サンド」

腕に抱えたパンを見せた。自分でも顔がムッとしているのに気づいたけど、めんどくさいからやっぱり笑顔は作らなかった。

「……え？」

「どっちか一個取って」

「でも……」

「もらった。捨てるのもったいないし。持って帰るのもなんだし」

こういうことするのは、感じ悪いってわかってる。でも、今日に限ってサンドイッチが二つ残っていたのは、何かのサインみたいな気がした。もし断られたらクラスに帰って、宮内か誰かにあげればいい。あいつらならお弁当を食べたあとでもサンドイッチの一つや二つ、ぺろりといくことぐらいは知っている。

白石くんは多少びくつきながら、ハムサンドを取った。

「あの、お金……」

「いらない」

「……ありがと」

ぎこちなく笑った。なんか、胸が痛い。

「じゃあね」

逃げるみたいにしてその場を立ち去った。心臓が狂ったように高鳴っていた。

あたし、何やってんだろ。

わざわざ買って渡したこと、気づかれなければいいな、と思った。こういうことされるのが嫌だからみんなと一緒に食べてないんだろうから。

「もう、遅いよ！」

教室に戻ったら、陽菜と佳乃がたまりかねたように声を上げた。

「ごめん。だってさ、めんどうじゃない？　毎日あそこまで行くの。混んでるのが嫌でゆっくり行くとさ、これくらいになっちゃうんだよね」

「でもわかるわ。ラグビー部のやつらとか、朝練終わったあと、そのまま授業受けるもんね。あんなのと一緒になったら臭くて死ぬ」

陽菜はわざとらしく宮内に視線を向けた。佳乃もそのサラサラのロングヘアを無造作にかきあげた。

「ほんと、シャワー室ぐらい作ってほしいよね」

「作ったって浴びねえよ」

「もう最悪」

宮内は話を振られてうれしそうだ。

「なんだ、おまえ、今日はサンドイッチゲットできたのか。ラッキーだな」

充も声をかけてきた。充は結構もてる。顔はそこそこいいし、サッカーもうまい。

二年が始まってまだ二か月が過ぎただけなのに、三人に告白された。それで振ってしまったのが気まずいと言って、ここに来る。

でも、あたしは複雑。

あんなことがあったんだ。本当は無視してほしい。声なんかかけてこないでほしい。クラスだって違うんだし、関わろうとしなければ顔を合わせなくても済む。何もなかったことになんか、できるはずないのに。

でも、もし——。

あんなことがあったからこそ意識して避けるのはあたしに悪い、って思ってるんなら、そっちのほうがよっぽど残酷だ。

それくらい、気づいてよ。

「で？　あんたは？」

顔だけ向けて目は見ずに、散らかっているごみに視線を移した。

「今日はバーガーと菓子パンとおにぎり二個」

「なに、今日はおにぎりもあったの？」

それで、ハムサンドが残ってたんだ。

松本パンのおばちゃんたちも生徒の声を聞くようになって、最近ではたまにおにぎりとか手巻き寿司なんかも置くようになった。

卵サンドを口に運びながら、白石くんも食べてくれてたらいいなあ、と思った。

4

放課後、「今日何する？」と相談を始めた帰宅部の陽菜と佳乃に別れを告げて、急いでバイト先に向かった。「DOGGY DOG」というホットドッグスタンド。時間は腐るほどある。別に運動とかそんな好きじゃないから部活もやりたくないし、時間が余ると思考がディープな沼の底に落ちていくことがある。落ちるたびに「二度と這（は）いあがれなかったらどうしよう」と怖くなる。それを避けるために経済活動にいそしむのだ。

「おはよーございまーす」

と裏から入ったら、

「あれ、南雲（なぐも）さん、今日はシフト、入ってないよ」

と、いきなり店長に言われた。四十代くらいの女の人だ。それで思い出した。今日は、もう一人のバイトの子とシフトを交換したのだった。

「あー、忘れてた」

この店は駅から少し離れたところにある。持ち帰り専門で、店の前に飾りのように置いてある赤いベンチ以外に座って食べる場所はない。というわけで、平日のバイトは二人。店では顔見知りのバイトの子たちがエプロンをつけて接客をしていた。

最悪。不安でたまらない。絶望的な気分で店を出て路地から大通りに出ると、店頭では三十代くらいのお母さんと小学生くらいの女の子がメニューを見て悩んでいるところだった。女の子が持っているのは、ピアノ教室のカバン。あたしもちょうど彼女と同じくらいのときに同じピアノ教室に通っていた。

またいつものぐらぐらが襲ってきた。思わず足を止める。母親らしき人も女の子も揺れている感じはない。

ママは、あたしにお稽古事をさせたがった。ピアノとバレエの稽古の帰りは必ずと言っていいほどこの店に立ち寄った。本当はどっちもやりたくなかったけれど、帰りにここでホットドッグを買い、この赤いベンチにママと二人で腰かけておしゃべりをしながら食べるのが楽しかった。

そのうちホットドッグにも飽きて、ピアノもバレエもさほど上達しないまま、中学に上がる前にやめてしまった。

まだ続けてたら、ママは出ていかなかったのかな。

……バカみたい。あたし、何考えてんだろ。

踵(かかと)でアスファルトを蹴りつけるみたいに大股で歩きだした。

なんか、ぐらぐらする。頭が痛い。

それで気がついた。いつの間にか奥歯をものすごい力で噛みしめていた。やめようと思うのにどうやっていいかわからなかった。手で顎をはさむみたいにして上下の歯の間をぎゅっと指ではさんだら、ようやく力が抜けた。

無意識のうちに歯を噛みしめてるのかも。それでぐらぐらすんのかな。

なんだか急に怖くなって、スマホをにぎりしめた。

——今どこ？

陽菜と佳乃にＬＩＮＥしてみた。返事はない。あの二人は「ＳＮＳ面倒くさい派」なので、ほかに伝達手段がない。約束してるときならいざ知らず、今日はあたしがバイトだと思い込んでいるから、スマホも消音モードのまま忘れてる確率が高い。返事をくれる可能性は五分五分。

なんでバイトのシフト交換したの、忘れてたかな。

広くてがらん、とした家の中。テーブルの上でもう何か月も空っぽのまま置かれている花瓶。干からびてしまった観葉植物。うっすらと埃の浮いた家具。テーブルに置かれたままの小さなホワイトボード。日付が書いてあったけれど、それが何日になっているのかも確認しないままひっくり返した。

気味の悪い音で心臓が高鳴る。

こんな早い時間にあんなところに帰るのは絶対イヤ。とにかく、時間をつぶさなければ。

後頭部の髪の毛が逆立つみたいな焦り。スマホの画面をじっと見つめて念を送るけど、やっぱり返事がない。

不安が大きくなってくる。じりじりとした焦りが突きあげてくる。

どこでなにやってんのよっ！

電話をかけてもつながらない。わかっているから留守電には残さずそのまま切る。

どうしよう。仕方ないから充でも……。

フラッシュバックのように、あのときの記憶がよみがえった。

光を失った瞳。恐ろしいものでも見たかのような表情。襲ってくる激しい自己嫌悪。

後悔で指先の熱が失われていく。

忘れたくて、何度か頭を横に振った。

……ダメだ。

ぐらぐらが止まらない。上下の歯をカチカチしてみる。噛みしめてはいなかった。

二人を探していつものファミレス。コンビニ。駅ビル。いろんなところを回った。

あたしのＬＩＮＥに気づいてないだけだ。わかってるのに、不安だけが大きくなる。

ほんとはあたしのこと、避けてるんじゃないか。

二人であたしの悪口言ってるんじゃないか。

何か嫌われることでもしたんじゃないか。

そんなことない。頭ではわかってるのに、そんなふうに勘繰ってしまう。今までそんなこと、一度も感じたことなかった。けど、ママがいなくなって、パパから無視されて、充とあんなふうになってしまってからは、いつも頭のどこかに不安が渦巻いている。

不安な気持ちを振り払いたくて、めちゃくちゃに歩いた。

今日、学校でなに話したっけ？

二人の表情を思い出してみる。自分が発した言葉。二人が返してきた言葉。何も悪いことは言ってないと思う。でも不安になる。

わかってる。考え過ぎだって！

キイイイッ！

鋭いブレーキの音がした。

かごに入ったスーパーの袋。はっとして顔を上げると、自転車に乗ったママくらいの歳の女の人がムッとしたように見てきた。

「……すみません」

小さな声で言って、逃げるみたいにまっすぐ歩いた。

怖かった。わざとぶつかったわけじゃない。ちゃんと謝ったし。なのに、あの人の怒ったみたいな顔がいつまでも頭から離れない。

なんでこんな小さなことをいつまでも気にするのか。

人通りが多くなっていく。うつむき加減に人をよけて歩いていたら、いつの間にか大型スーパーの前に来ていた。たしかここのお惣菜(そうざい)はすごく種類が多くて安くておいしい。……って、前に、ママが。

吸い寄せられるように中に入った。

そこはちょうど夕方のタイムセールでにぎわっていた。広いお惣菜コーナーにはたくさんの人がいて、みんな、お店の人が値引きシールを貼るのを待っているみたいだった。

気がついたら、ピリ辛のこんにゃくを探していた。

塩ゆで枝豆、とか、冷ややっこ、とか、あたしでさえどうにかできそうなものまで売っている。なのにやっぱり見つからない。ひじきの煮物、切り干し大根の煮つけ、なすの煮びたし、うの花。……そこまで探して、はっとした。

あたし、何やってんだろ。……なんでママの料理なんか懐かしがってんだろ。

気持ちがすうっと冷めていく。

別にママが恋しいわけじゃない。誰もいない家が嫌いなだけだ。前だって毎晩家で食事していたわけじゃない。家にいるときは部屋にこもってメイクの練習したり、スマホ見たり、ゲームをしていた。でも、たとえ話をしなかったとしてもママが家に「いる」というのと「いない」というのがまったく別の話だ、というのは、ママがいなくなって初めて気づいた。……っていうか、そんなの、どうでもよくない!?

イライラして売り場に目を向けると、唐揚げと卵焼きがとなり同士に陳列してあるのが目に入った。いつかの白石くんのお弁当を思い出した。

あー、そうだ。これを詰めたら弁当になるじゃん。

適当に何種類かをかごに放り込んだ。レジのほうに歩きだしたら、うちの学校の制服が目に入った。その人はひょろりと背が高く髪がぼさぼさで、黒縁のぶ厚い眼鏡をかけてて……。

「白石くん」

思わず声をかけていた。バイトもなくて親友二人とは連絡が取れず、充は部活。全部に振られて心細くなっていたときだったから、ここが主婦のごった返す安売りスーパーだ、という、ふつうで考えたらちょっと恥ずかしい状況だということさえ忘れていた。

白石くんは、びくっと肩を震わせた。あたしに気づくと、

「あ……」

ぎょっとしたようにつぶやいたあと、ぎこちなく笑ってみせた。手に下げた買い物かごには、肉とか野菜とか、食材がたくさん入っていた。あたしの視線に気づくと、慌ててかごを後ろ手に隠した。……もう、遅いんですけど。

「今日はサンドイッチ、ありがとう」

昼間見た悲愴感みたいなものはもう、漂っていなかった。

「いいよ、別に」

いつもだったら、「じゃあね」って、ここで背を向けるんだと思う。でも今日は、もう少し話がしたかった。……自分が嫌われているわけじゃない、というのをたしかめたかった。

「白石くん、この辺に住んでんの？」

「いや。でも、バイト先がこの近くだから」

「バイト、どこ？」

「持ち帰り専門のすし屋」

「あの、上方（かみがた）寿司だ。バッテラとか茶巾寿司とかあるところでしょ」

わずかな沈黙。

白石くんは困ったみたいに眼鏡を指で押しあげた。話したくなさそうな気配を察した。

……あたしとは話したくない、か。

媚びていた自分を見せつけられた気がして、急に自己嫌悪に襲われた。「じゃあね」と言いかけたときだった。

「買い物、頼まれたの？」

慌てたみたいに聞いてきた。一瞬、どう答えるか迷ったけれど、

「自分の。でも、ピリ辛に炒めたこんにゃくが売ってなくて……」

そこまで言ったとき、ぶ厚い眼鏡の向こうの小さな目が大きく見開かれた。

「ピリ辛、って……あの、炒めたこんにゃく？」

そこまでぎょっとしなくてもいいのに。ママと同じリアクション。「メインのおかずじゃなくて、そこ？」みたいな。気がついたら眉をひそめていた。

「……悪い？」

「いや、そうじゃなくて……作ればいいのに、って……」

「できないから買いに来てんじゃん」

「ふうん」

何？　ディスりたいわけ？

今度こそ本当に「じゃあね」と、踵を返しかけたときだった。

「持っていこうか、明日」

意味がよくわからなかった。あたしが答えずにいるのをどう思ったのか、

「実は今日、落ち込んでて。でも、あのサンドイッチのおかげで、ちょっと元気を取り戻せたから、そのお礼……」

早口で続けた。

え？　もしかして、いい人？

印象が一転した。自分でも、「どうなんだ」とは思うけど、こんな気分のときは仕方がない。ちょっとした優しさが沁みてしまう。泣きそうになったのに気づかれた気がして、慌てて目をそらす。

白石くんは、少し傷ついたみたいだった。

「ごめん。迷惑か」

「……迷惑じゃないよ」

なんかいろいろ、感情が追いつかない。

ピリ辛のこんにゃくが食べられることも、あのサンドイッチが少しでも役に立てたことも、白石くんとこんなふうにふつうに会話を交わしていて、案外それが楽しいことも。

「……本当にいいの？」

「いいよ。作るの、おれだから」

「えっ？　あのお弁当、白石くんが作ってんの？」

「……そうだけど」

「すごい」

「別に、すごくはないよ」

「趣味？」

「まさか。親が働きづめでほとんど家にいないし、兄弟も多いから、仕方なく」

「なんか、うらやましい。あたしは一人っ子だから」

ついつい、本音がこぼれた。

「うらやましいのはおれのほうだよ。お金にけちけちしなくていいなんて」

白石くんも本音だったのか、言ったあと、恥ずかしそうに慌てて口をつぐんだ。

うれしかった。でもそれは多分、あのお弁当に入っていた、本物のピリ辛のこんにゃくが食べられる、ということだけが原因じゃない。

レジを済ませて外に出たとき、ＬＩＮＥの着信音が鳴った。

陽菜だった。

——ごめん、カラオケしてて気づかなかった。あたしたち今、帰るところ。

さっき感じていた不安、みたいなものが一瞬で消し飛んだ。普段なら、特別でもなんでもないこと。なのにこうやって返事をしてきてくれたことが、うれしくてたまらなかった。

――あたしももう、晩ご飯買っちゃった。また明日ね。

そう返信してスマホをカバンに戻した。いつになく、気分が晴れやかだった。

5

待ちに待った昼休みが来た。こんなに昼休みが楽しみだったのは久しぶりだ。

白石くんが席を立つのを横目で確認し、いつものように教室をあとにした。

ほんとに持ってきてくれるのかな。

どきどきしながら非常階段へ続くドアを開き、階段を下りる。緊張して息が止まりそう。踊り場を回る直前に深呼吸して、顔をのぞかせた。

「あの……」

白石くんはいつものところにいつものように腰をかけ、ひざの上でお弁当を広げていた。あたしを見ると少しだけ表情をゆるめ、

「よかった、来てくれて。持ってきたよ、ピリ辛のこんにゃく」

傍らに置いた茶色い紙袋を持ちあげた。

「ほんとに……作ってくれたの？」

「うん。約束したし。うちの弁当にも入れたし」

　胸を高鳴らせたまま近づいていって、その紙袋を受け取った。なんだろう、緊張して手が震える。秘密のにおいがする。バレンタインの告白とか、その子のために作ったクッキーとか、そういう少女漫画的な感じがくすぐったい。いや、それは女の子があげるほうか。

「ありがとう」

　ついでにお弁当の中身をのぞき込んだ。今日はちゃんと見せてくれた。エビチリに春巻き、卵焼き、彩りにほうれん草とプチトマト、それにピリ辛のこんにゃくだった。ご飯はチャーハン。

　初めて間近で見るせいか、なんか、感動。

「今日のも、すごいんだけど」

「そんなことないよ」

　照れたみたいに眼鏡を押しあげた。そんな仕草ひとつさえも、もらったピリ辛のこんにゃくの期待値を上げてくる。

「入れ物、明日返す」

「いいよ、いつでも」

「じゃあね」

そう言い残して、ものすごい速さで教室に戻った。

ランチバッグと一緒に抱えて陽菜たちの席に行った。陽菜が驚いたような声を上げた。

「あれ？　購買じゃなかったの？」

「へえ、弁当じゃん。めずらしいな」

「でしょ？」

ふつうに返事をしたあと、気がついた。言葉を交わした相手は充だった。そのことに自分でも驚いてしまい、思わず下を向く。

なんとなく気まずくなった空気を隠すように、真っ先にお弁当を広げた。使い捨ての弁当箱。

「あ、すごいじゃん。自分で作ったとか？」

佳乃がお弁当箱の中をのぞき込んできた。

「いや、実は昨日、惣菜買ってきて、朝、パックのご飯チンして詰めただけ」

「いいじゃん、スーパーとかの惣菜」

「おいしいよね」

なんか、気をつかわせてる気がする。

陽菜は「いいじゃん」なんて言ったけど、スーパーの惣菜なんてほとんど食べたことはないはず。だってお弁当に冷凍食品さえも使ってるの見たことないから。佳乃のは野菜中心。男子のは大きくて茶色。どれを見てもお母さんたちの真心が詰まってる。

でも、今日のあたしにはコレがある！

震える指で、ピリ辛のこんにゃくが入った透明なタッパーを取りだした。見た目はママのとちょっと違う。なのにママを思い出して胸がつまった。

どんな味がするんだろう。

少し太めに切ったこんにゃくは、ゴマ油の香りが最初に来て、鰹節のうまみが広がった。飴状（あめじょう）になった甘くて香ばしい醤油がからみついている。ピリ辛も絶妙で、どんぶり一杯ぐらいふつうに食べきっちゃいそうな味。

「何これ！」

「どうしたの？」

二人が驚いたみたいにあたしを見た。

「なんでもない」

……ママのより、ずっとおいしい。

今までママのピリ辛のこんにゃくにかなうものはないと思ってた。絶対王者だと信じ込んでいたのに、こんなにあっさりと一位の座を明け渡してしまうなんて。

何かがあたしの中で壊れていくような気がした。今までこだわっていたことは一体なんなんだろう、って思うくらいに。

知らないうちに制服のポケットからスマホを出していた。ＬＩＮＥしようと思って気づいた。

あたし、白石くんの連絡先、知らないんだった。

6

翌日は急いで購買でパンを買い、帰りに非常階段に寄った。胸が高鳴って息が苦しい。

早く「おいしかった」って伝えたい。

昨日からそのことで頭がいっぱいだった。

白石くんは相変わらず、そのひょろっとした体を縮こませてお弁当を食べていた。

いつもは勢いよく上から降りてくるのに、今日は下から上ってくるのに気づくと、

「あ、南雲さん」

と、声をかけてくれた。毎日顔を合わせてるのに、白石くんのほうから言われたの初めてかも。なんか、うれしい。

「昨日はどうもありがとう。すっごくおいしかった」

洗ったタッパーが入った紙袋を渡したら、表情が明るくなった。ぶ厚い眼鏡の向こうの小さな目が笑っているみたいに見える。

「ほんと？」

「今まで食べた中で一番かも」

「ありがとう」

照れたみたいに笑ったあと、

「南雲さんのお弁当は？　おいしかった？」

「うーん」

となりに座って、足を伸ばす。

「あれは、コンビニ弁当食べてる感じであんまり感動はなかったかな」

「またやるの？　惣菜弁当」

「もう、やんない」

と、白石くんのお弁当をのぞき込んだ。今日は隠さなかった。

ハンバーグに、卵焼き。煮た人参とブロッコリー、ピリ辛のこんにゃく。それに真っ白なご飯。

「すっごくおいしそうだよね。これも自分で作ってんの？」

「そう、だね」

「もしかして、晩ご飯も白石くんが作ってんの？」

「夜はバイトで忙しいから、朝、作り置きして……」

「すごいなー！」

「食べてみる？」

「いいの？」

「好きなの食べなよ。……ハンバーグとか？」

「じゃあ……」

一口大に切ってあるハンバーグを指でつまんで口に入れた。優しい味だ。冷めているのにやわらかくて、しっとりしている。

「おいしー！」

足をばたつかせて叫んだ。

「信じらんない！　すごくおいしい！」

「……ふつうだと思うけど」

「ふつうじゃないよ！　こんなの作れるなんて、神だよ！」

今までママの作ったハンバーグはおいしいと思ってたけど……やっぱり、こっちのほうがおいしい。

白石くんはあっけにとられたみたいに、指についたソースをなめるあたしを見ていた。

目が合った。

「……何？」

激しく高鳴る心臓の音をごまかしたくて、思いっきり怪訝な顔をしてみせた。

「ううん、なんでもない」

白石くんは小さく笑って視線を落とし、ひざの上に置いたパンを見る。

「南雲さんはパンが好きなんだね」

「別に好きなわけじゃないんだけど、購買で売ってるの、ほぼほぼパンだから」

「ふうん」

「ねえねえ、ＬＩＮＥやってる？」

ポケットからスマホを取りだした。

「昨日、食べてすぐ感想送りたかったんだけど、ＩＤ知らないからさあ」

けれど白石くんは動きを止め、こわばった笑みを見せた。

「ごめん。おれ、スマホも携帯も持ってないんだ」

「あ……」

そこにどういう意味があるのかはわからない。お金のことかもしれないし、スマホに重要性を感じないだけかもしれない。

それでも気まずいことには変わりない。

ごめん、とは思う。でも、あとにも引けない。

「じゃあ、家電(いえでん)、ある？」

「それなら……」

「教えて。それと、下の名前も」

「……え？」

下の名前を口に出したら命でも取られそうな表情。

「……いやなら、いいんだけど」

小さく口をとがらせたら、こわばった表情のまま、

「祐介(ゆうすけ)。祐は示す偏に右で、介は、イカみたいな形の……」

と、早口で言った。

イカ。

頭の中に、その短い足を縮こませたあと思い切り伸ばし、無表情で海の中を進むイカの姿が浮かんだ。

わからないでもない。けど。……つい、声を上げて笑ってしまった。

白石くんは最初、微妙な顔つきで、

「それ、そんなに笑うとこ？」

「だって、イカだよ？」

顔を見合わせた。それで、想像したみたいだった。

「ぶふっ！」

変な笑い声を上げたのは白石くんのほうだった。

「たしかに、変かも」

「変だよ！」

そうなったら止まらなかった。二人で声を上げ、おなかを抱え、涙を流して笑った。

一度笑い終わり、また目が合ったら笑いだす。

すごく楽しかった。笑いながら、思った。

こんなふうにおなかの底から笑ったの、いつぶりだろう。

笑うのも一段落して、白石くんが念仏みたいに唱える番号をスマホに入れながら、心が弾むのを感じていた。よっぽどじゃない限り家に電話とかかけられない。それでも白石くんの番号がスマホの中にある、というだけでうれしかった。

もう一度お弁当をのぞき込む。それで、気づいた。

「えー、すごい！　ご飯の間に、おかかとのりがはさんである！」

「あ、うん。のりって、一番上に載せると、ふたの裏にくっついちゃうから」

やっぱ、すごくおいしそう。

「あの」

あたしの視線が気になったのか、遠慮がちに口を開いた。

「おれ、作ろうか?」

「何を?」

「南雲さんの弁当」

「ええっ?」

「あ、迷惑か」

「いやいや、迷惑じゃない!」

頭の中が混乱している。

「ちょっと白石くん、いい人すぎるよ。あたし、彼女とかじゃないんだよ」

「いつも弁当は五個作ってるんだ。一個増えるのもあまり変わらないから」

「だったら、お金払う!」

「いいよ、そんなの」

逆に驚いたみたいだった。

「でも、悪いよ。手間も材料費もかかる」

「いいよ。友達なんだから」

ドキッとした。嫌なほうじゃなくて、いいほう。ただの友達認定でこんなにうれしいって、初めてかも。

なのに、白石くんは怯えたように考え込み、口を開いた。

「……ごめん」

ショックだった。

でも、わかる。

クラスの序列って、その枠組みに入ってしまったら、簡単に飛び越えられるものじゃないから。

「別に、謝んなくていいよ」

なんとなく気まずくて、うつむいた。階段には埃だとかしぼんだ木の葉だとかが落ちていた。それをつま先でつつく。

「なんか、ありがとう」

「えー、なんかそれ、違うし」

「そうかな」

思わず顔を見合わせる。この変な会話がおかしくて、つい、笑ってしまった。

それで白石くんも気分がほぐれたみたいだった。

「え、と、食べられないものとかある？」

眼鏡を押しあげた。

「なんでも食べるよ」

「……よかった。南雲さんは、自分では作らないの？」

「一人分だけ作るのって、虚しいし」

「あ……」

まずいことを言った、と思ったみたいだった。多分、白石くんが思っているほどあたしは気まずく感じているわけじゃない。そんなことには、もう慣れた。

「あたしが作ったって、おいしくないしね」

「……ありがとう」

「だからあ、お礼言うのはこっちだから。もういい加減、購買のパンとか飽きた」

そこで、あたしのおなかがぐうううっと、音を立てた。

「じゃあ、行くね」

気まずさを隠すために立ちあがった。

教室に戻ると、

「おまえ、何やってたんだよ」

あたしの椅子に座っていた充が真っ先に声を上げた。

「ちょっとね。ほら、どいてよ」

と、押しのけた。充は驚いたように一瞬、動きを止めたけれど、

「仕方ねえなあ」

渋々、といったふうに場所を空けてくれた。

「ちょっと古都、おそい！」

陽菜も佳乃もとっくに食事を終えていた。

「ごめん。立ち話してた」

サンドイッチを机に置いた。充の視線が気になった。

「……何？」

「なんでもねえよ」

そう言って、今度は自分から顔を背けた。

明日からお弁当が食べられる。それも、白石くんの作った激、おいしいやつ。

ひそかに、ガッツポーズを作った。

7

お昼を知らせるチャイムが鳴った。視界の端で白石くんを追う。いつものように机を動かしていると、

「ここはいいから、早く購買行ってきなよ」

陽菜があたしを追い払った。うきうきしながら非常階段に向かった。

「……ほんとに来ちゃったけど」

「おれも、持ってきたよ」

ためらいつつ声をかけると、ピンクの保冷用の弁当袋を渡された。

「なんでピンク？」

「あー、前に姉ちゃんが使ってたやつ」

「お姉ちゃん、いるんだ」

「弟も妹もいる」

「いいなあ」

わりと本気で言ったら、白石くんは照れたみたいに小さく笑った。

「食べ終わったお弁当箱、返すの明日でいい？」

「いいよ。予備ならたくさんあるし」

「なんで？」

「だって、弟とか妹とか、たまに学校に忘れてくることあるから。予備がないと困る」

もう一度お礼を言って、今にも飛びあがりたいぐらいの気分で教室に戻った。三人はまだ、お弁当を食べはじめたところだった。

あたしがドヤ顔で弁当箱を机に置くと、

「どこから持ってきたの？　……まさか購買で売ってるわけじゃないよね？」

佳乃があからさまに怪訝そうな顔をした。

「友達がね、作ってくれるって言うから」

「友達？」

二人が訝しげに顔を見合わせた。

「あんた、あたしたち以外に友達いたの？」

「あたし、知り合いは多いよ」

「じゃなくて、お弁当作ってもらっちゃうほど親しい友達」

うーん。それを言われると困る。

「後輩脅して作らせてる、とか」

充が、飲んでるんじゃないかと思うほどの速さでその、焼き肉がたっぷり入ったお弁当をかき込んだ。

「いや待て。帰宅部に後輩はいねえか」

「ま、こういうの、人徳、っていうの？」

「何それ」

佳乃がぎょっとしたように聞いてくる。ツッコむのもどうかと思い、聞こえなかった振りでやり過ごす。

お弁当袋にかけた手が、うれしさのあまり震えてしまう。中から現れたのは真っ白な二段重ねのお弁当箱。どきどきしながらふたを開ける。

きゃーー！

心の中で叫んだ。

「すっごくきれい」

「おいしそう」

陽菜も佳乃も身を乗りだしてのぞき込んでくる。悪いけど、二人のお弁当にも劣らない。二人は何かを思ったみたいに顔を見合わせた。

「でしょ!?」

さりげなくお弁当を隠そうとしたら、

「別に隠さなくても……」

苦笑いを浮かべる充の視線にぶつかった。こんなふうにちゃんと目を合わせることができたの……いつぐらいぶりだろう。

うれしいような、恥ずかしいような気になり、目をそらしてしまった。

でも、やっぱり感動しかない。

お弁当も。充のことも。

すごい、すごいよ白石くん。

卵焼きの中にはカニカマが入っていて、豚の生姜焼きは冷めてるのに照り照りしている。ブロッコリーは鮮やかな緑。あたしの好きなピリ辛のこんにゃくまでぱりっとしたレタスのカップに納まっている。チェリートマトは真っ赤でつやつや。下の段のご飯は表面は真っ白なのに、箸を入れたら中に、梅干しとおかかを混ぜたやつがはさまってていた。

ご飯に箸をつける。

梅干しもおかかも食べ慣れているはずの味。

なのに今日に限っては何もかもが特別においしい気がした。

密かに、非常階段で一人お弁当をつつく白石くんのことを思った。

8

その日の放課後、陽菜と佳乃に誘われた。「五時からバイトだ」と言うのに、「時間は取らせないから」と、かなり強引だった。

三人でいつものファミレスに向かった。窓際のブース席に陣取り、ドリンクを頼んだところで、陽菜が言いにくそうに切りだした。

「あんた、あたしたちに隠してることない？」

悪いことは何もしていないのに、びくっとした。

「な、何……」

「昼間のお弁当」

佳乃も顔を近づけてきた。気まずさに、全身から冷たい汗が噴きだした。

言ってもいいと思う。そうなんだけど、白石くんはなんて思うかな。池田たちとか充に言ったらバカにされそうな気もするけど、この二人なら大丈夫……だよね？

なんてったって、相手はちょっと冴えない白石くん。この二人のどちらかが白石くんのこと好きで、ってことはまずない……と、思う……。

と、いろいろ考えていると、

「最近、変だなあ、とは思ってたのよ」

意味ありげに陽菜が切りだした。

「昼休みになるとそわそわして。購買から帰ってくるのも遅いし、帰ってきたあとはなんか、うきうきしてるし」

そわそわとかうきうき、って……。自分では気づかなかったけど、そうやって言われると結構恥ずかしい。

「本当のこと聞いたからって、あたしたちが古都のこと嫌いになるとか、そういうのじゃないから」

　二人が、ぐっ、と、身を乗りだしてきた。

「つきあってる人、いるんだよね？」

　……そこ？　一回弁当作ってもらっただけで、なんでそうなる？　いや、昨日のピリ辛のこんにゃくを入れたら、二回目か。

「つきあってるとか、そういうわけじゃないよ」

「隠さないで、大丈夫だから」

　陽菜は、その優しげな笑顔であたしの目をのぞき込んだ。

「古都は親友だから。女の子が好きでも、あたしたちの友情は変わらないよ」

　……ん？

　戸惑っているのをどう思ったのか、佳乃も真剣な表情で、

「つきあってるんだよね。……女の子と」

「隠さないで。同じ学年の子？」

「ちょっと待て」

　まったく話が見えなくて、会話を止めた。

「なんでそうなるの？」

「だって、昼間のお弁当……」

「本当は、昼休みに二人でこっそり会ってるんじゃないの？　でも、あたしたちに知られるとまずいと思ってるんじゃないの？」

まさかそんなふうに思われていたとは。

どう説明しようか考えながら、まっすぐ二人を見た。

「あたしの恋愛対象は、女の子じゃないよ」

とりあえず、これは間違いではない。

なんか妙にのどが渇いて、メロンソーダを一気に半分まで飲みほした。

「あのお弁当を作ってくれたの、女の子じゃない。その人とつきあってるわけでもない」

「ええっ？」

「じゃあ、誰に作ってもらってんの？」

二人にとっては、あたしが女の子とつきあっている、というよりも、こっちのほうが衝撃的だったらしい。

ほんとは言いたくない。言いたくないけど、言わないとめんどうなことになりそう。

覚悟を決めた。

「白石くん」

二人はぎょっとしたみたいに動きを止めた。

「白石、って、うちのクラスの……？」

「あの、くるくる眼鏡くん……」

あんまり驚いて、それ以上は声も出ないみたいだった。

「なんか、意外」

「ほんと」

二人がちょっとバカにするみたいに笑った。その表情に、胸がひりっとした。

「そこまでしてうちらの仲間になりたいか、って感じ？」

「でも、お弁当作ってくれてるだけだし」

――ごめん。

あのときの白石くんの言葉。そう。こういうことなのだ。

「じゃあ、充はどうすんの？」

陽菜の言葉に棘（とげ）が混じる。

「別に、特別な関係じゃないよ。ただ、お弁当作ってもらってるだけで……」

「あんなにうきうきして、そわそわしてんのに？」

佳乃は鋭い視線であたしを見たあと、コーラに突き刺したストローで氷をつついた。

何も言わずにやり過ごせそうにはなかった。

「……充とはもう、そういうのは、ないかな」

胸がしくん、と、痛む。なんかまた、ぐらぐらに襲われそうな気がした。二人はあからさまに顔をしかめた。

「どういうこと？　充のこと好きなんだよね!?　充だってあんたのこと好きでしょ？」

責められている。そう気付いたとたん、胃が締めつけられるように痛んだ。

言いたくない。本当は、何も言わずにこのままやり過ごしたい。誰かに話せるほどの思い出に変わっているわけでもない。笑いとばせるほど軽い自己嫌悪でもない。特に、この二人は純愛派だ。それに今は白石くんのこともある。

でも、話さずに誤解されてハブられるのは……。

吐きそう。

「多分、振られた」

無理やり言葉を吐きだした。二人は思ってもいなかったのか、ぎょっとしたみたいに黙り込んだ。

「じゃあなんであいつ、いまだにうちのクラスに来てんの？」

「……なんでだろうね」

「多分、ってどういうことよ」

佳乃の視線が突き刺さる。このまま何も言わずに過ごせるとは思えなかった。

「悪いのは、あたしなんだ」

9

今でもあのときのことは忘れられない。

ママが家を出たあの日。つらくて、悲しくて、孤独だった。誰かに会いたかった。真っ先に思い浮かんだのは充で、気がついたら電話をしていた。

部活が終わったあとの、夕方の教室。ゆるゆるとした日差しが今にも消えそうに机の影を長く伸ばしていた。あたしは窓のところに体を預け、ぼんやりと外を見ていた。

静かだった廊下にひびく靴音。ほっとして顔を上げる。

「古都」

ジャージ姿の充だった。

「大丈夫か？」

その声を聞いたら、心配してくれる顔を見たら、気持ちが緩んだ。

あたしは口を開いた。

ママが男を作ったこと。パパが離婚届に判を押したこと。一緒に行こうと言われたこと。それを拒否して家を出て、今ここにいる。……そんなことを話した。充は時々相槌を打ち、顔をのぞき込み、真剣に話を聞いてくれた。

「大変だな」

心配そうに見つめてきた。何か、熱い塊が込みあげてきた。

わかってくれたのだと思った。受け止めてくれたのだと。もう、充しかいないと思った。ママに裏切られた。パパには無視されている。でもあたしには充がいる。たしかめたかった。誰かには必要だと思われていると。

もう一度充を正面から見つめた。気持ちが塊となって込みあげるのを感じた。

自分でも何が起こったかわからなかった。

衝動のまま抱きついた。体がぴくりと動いた。どうしていいかわからないみたいに、充の腕が中途半端に宙に浮いて、止まった。それでもあたしは体を離し、充の頬に両手を置いた。

そして、自分から唇を重ねた。

好きだった。そばにいてほしかった。充だけは、あたしを特別な存在だと思ってくれていると信じていた。

でも。

充は身動き一つしなかった。

そこでようやく気づいた。

抱きしめ返してくれないことに。その唇が思ったよりも冷たいことに。

充は真っ青になって、体をこわばらせていた。

背筋に冷たいものが走った。

あたし……間違えたかも。

そう思ったときには遅かった。

「ごめん」

とっさに口からそんな言葉が飛びだした。後ずさっていた。

「……なんで謝るんだよ」

充は、ひきつったみたいな笑顔を作った。

その顔を見て、わかってしまった。

あたしは特別なんかじゃない。ママにとっても、パパにとっても……充にとっても。

孤独の渦に突き落とされた気がした。存在そのものを否定されたような。強烈な恥ずかしさと自己嫌悪。なんという思いあがりだ。つきあってもないのに、自分は特別だと思い込み、こんな重たい話を聞かせて、抱きついて、キスまでして。

嫌われた、と思った。「好きだ」なんて、自分からはもう、口に出せない。

「ごめん」

充は、呆然（ぼうぜん）としたみたいに立ち尽くしていた。返事がないことで、許してくれたのではない、と感じた。

「ほんとに、ごめん……！」

「……謝るなってば！」

その言い方に怖くなって、うつむいた。もうまっすぐ充を見ることはできなかった。

「本当は、誰でもよかったんじゃないのか？」

聞きなれた充の声。大好きだったその声が、地獄の底からひびいてくるように感じた。何か答えたほうがいい。わかってたけど、なんの言葉も浮かばなかった。

「なぐさめてくれるなら、俺じゃなくても」

ぐらっ、と、世界が揺れた。胸をえぐられたのかと思った。

そうじゃない。あたしにとって充は特別だった。だから聞いてほしかった。心の中をさらけだしたのに。

「なんでそんなこと言うの……？」

「じゃあ、謝んなよ！」

充は吐き捨てるように言い、背中を向けた。

そのとき気づいた。

世界が揺れている、と。そしてその日から、あたしの世界は揺れはじめた。

10

「……そんなつもりじゃなかったんだ」

二人は、何も言わなかった。

軽蔑されたかもしれない。

そう思ったら怖くて顔も上げられなかった。

悲しかった。後悔した。してしまったすべてのことに。

「誰でもよかったわけじゃない。充だから。そばにいてほしかったのは、充だったから。でも……あのとき、全部終わっちゃったんだ。充が多分、あたしを好きだったことも。あたしが充を好きでいつづけることも」

陽菜はわずかに眉根を寄せたままテーブルに落ちた小さな水滴を見つめていたし、佳乃は頬杖をついて、怒ったみたいに顔を窓の外に向けた。

「なんで話してくれなかったの？」

「……どの部分？」

陽菜が口を開いた。

「お母さんのことも、充のことも」

「無理だよ」

笑おうとしたけど、顔が引きつる。

「なんか重くない？　そういうの。ウザいよ。これ以上誰かに嫌われたらもう、あたし、立ち直れない、っていうか」

「別に、嫌いにならないし」

怒ったみたいに陽菜の声があたしの言葉を遮った。

「別に、何も気づいてなかったわけじゃないし！」

その強い視線に、雷に打たれたような気がした。

「相談してくれるの、ずっと待ってた」

――なんで相談してくれなかったのよ！

陽菜の言葉が、あの日の自分の言葉に重なる。ママに向けた、あの言葉。

同じだ。

ショックだった。

あたし、自分がやられて嫌だったのと同じことを陽菜たちにしてたんだ。

「あたしたちが何も知らないでいると思ったの!?　あんなにママっ子でさ、なんでもかんでも『ママ、ママ』って言ってたあんたが、一切そのこと言わなくなってさ。購買に行きはじめて、それでようやく離婚のこと教えてくれて、で、お父さんと一緒に住むとか」

「だよねえ」

　佳乃も、ずずず、と、音を立ててコーラをすすった。

「充のことだって、なんか避けてる感じだったたし」

「別に、避けてるわけじゃ……」

「なんで教えてくれないかなあ、って、結構悩んだよね？」

　佳乃の言葉に、陽菜もうなずいた。

「どうして頼ってくれないんだろう、とか、あたしたち、何か悪いことしたっけ？　って」

「……ごめん」

　本気で後悔した。本気で悪いな、って思った。そして、同時に思う。

　ありがとう、と。

　久しぶりにちゃんと二人を見ることができた。目の前をおおっていた何かがきれいに晴れたような気分だった。

　陽菜は大きなため息をついた。

「あたしだって古都のお母さん、結構好きだったんだけどな」

「そうそう。誕生日の手作りケーキとか、マジ、ヤバかったよね」

二人はそう言って、黙り込んだ。

店の中の喧騒が、あたしたちの間に横たわった。なにか話したかったけど、胸がいっぱいで言葉が出ない。テーブルにこぼれた水滴を指でなぞったときだった。

「ほかの人のは、やだ」

佳乃がストローで氷をつついた。

「ほかの人の重い話はイヤだけど、陽菜と古都のことなら聞く。あたしも聞いてもらったし。カレのこと。だから、今度からは隠さないで」

小さくうなずくと、

「それが、白石のことでもね」

「え？」

思わず言葉につまると、陽菜が呆れたみたいに肩をすくめた。

「たしかに白石はうちらのグループじゃないよ。地味男君だしね。でも、もしも古都が好きなら応援する」

佳乃もわかっていたみたいにうなずいた。

「そうそう。それ言ったらあたしのカレだって、同じ学年だったら絶対カーストの底辺うろついてるタイプだし」

「それは言いすぎだよ。イケメンだし」

「だってふつうに考えて、一般受験で慶應入る、って言ったら、猛勉強してるはずじゃん。実際、今まで彼女だっていなかったし。おかげで落とすのにもすごく時間かかったし」

佳乃の彼は家庭教師だ。たしかに、佳乃が先に好きになって猛烈にプッシュしたけれど、「教え子とそういうことになるのはよくない」と言って、なかなかうまくいかなかった。お母さんに話して、「成績が落ちないならいい」と許可をもらい、やっとつきあえるようになった。

小さな後悔が胸によぎる。

もっと早く、この二人にママのこと相談しておけばよかった。そしたら充にあんなことせずに済んだかもしれないのに。

「というわけであたし、これからデートだから」

佳乃はこれですっきりした、と言わんばかりに立ちあがった。

「あたしもそろそろ行かなきゃ」

手鏡をのぞき込んで、リップクリームを何度も塗り重ねた。

「なに、これからどっか行くの？」

佳乃が髪をかきあげた。陽菜も立ちあがる。

「青嵐（せいらん）高校の男子に告られた。電車が一緒なの」

「つきあうの？」

「友達から、って言っておいた。今日はお茶だけ」

「イケメン？」

「ふつうかな。でも、やっぱり性格が大事よね。この間のは顔で選んだのがまずかった」

陽菜は半年前に彼氏に二股をかけられて、こっぴどく振ったばかりだ。

あたしも立ちあがる。

いつになく気持ちが晴れやかだった。行き際、陽菜がふと足を止めた。

「でもこれだけは言っておく」

そのまなざしは真剣だった。

「白石に行くにしても、自分の気持ちだけはちゃんとしておきなよ。中途半端な気持ちが一番人を傷つけるんだから」

佳乃も、もっともだ、というふうにうなずいた。

「ありがと」

二人は小さく笑った。

11

月曜も、白石くんが教室を出ていくのを見計らって非常階段へと向かった。

「白石くん！　金曜日のお弁当、すごくおいしかったよ！　感動した！」

「ありがとう。でも、感動するほどではないと思う……」

ちょっと照れたみたいに下を向いた。あたしは洗ったお弁当箱を返し、

「あと、これ……」

使い捨ての弁当箱を差しだした。遠足のときとかに使うやつだ。

「あの、ほら、白石くんのおうちのお弁当箱を毎回借りるのは悪いから……」

「あ、うん……」

なんか、歯切れが悪い。

「今日のおかずは何？」

白石くんのお弁当箱をのぞき込んだ。

「やだー、お稲荷（いなり）さん！」

「あ、だめだった？」

「ううん。もう、大好き！」

思わず声を上げたら、

「えっ……」

白石くんがはっとしたみたいにあたしを見た。目が合ったら、恥ずかしそうにそらした。それを見たら、どきん、と、胸が音を立てた。

な、なんだ、今の……。

「あ、よ、よかった。お稲荷さん、好きで」

「あ、うん。好き。でも、もうずっと食べてない」

なんとなくどぎまぎしてしまって、そのまま立ちあがった。

「じゃあね」

行こうとして、ふと思い出した。

「あのさ、お弁当箱と一緒に、あたしのスマホの番号、入れといた。もしお弁当作れないときとか、電話して。……そうじゃないときでもいいけど」

「ありがとう」

白石くんは、照れたみたいに笑った。そんなふうにされると、あたしのほうまでなんだか恥ずかしくなる。

「じゃあ、また明日ね」

「うん」

あんまりうれしくて、二段飛ばしで階段を上がっていった。教室では陽菜も佳乃もお弁当を食べはじめたところだったけれど、何もなかったみたいにあたしを見た。

「また弁当もらいに行ってたのか？」

充が訝しげに、あたしのお弁当を見た。

「うん、まあ」

「物好きな奴もいるよなあ。わざわざ友達の弁当まで作ってくるなんて」

「別に、そんなことないよね」

佳乃がチェリートマトを口に放り込んだ。

「クッキー作って、学校に持ってくるのと同じ感じよ」

陽菜もさらっと言ってのける。あたしはどきどきしながらお弁当のふたを開けた。

「うわあっ！」

きれいに同じ形に包まれた小さめのお稲荷さんが六個、きっちりはまっている。卵焼きと、チェリートマトと、たたきごぼう。

口に含んだら、ほんのり磯の香りがした。油揚げの中に詰まっていたのはひじきの混ぜご飯だった。

「すごいね、そのお稲荷さん」

陽菜が驚いたみたいに声を上げた。

「めちゃくちゃおいしいんだけど」

「どれ」

充がお稲荷さんを一つ盗んだ。

「ちょっと！　やめてよ！」

「なんだよ、これ。すげえうまいじゃん！　どんな子だよ、こんなうまいの作ったの」

丸ごと口に押し込み、味をたしかめるみたいに口をもぐつかせる姿を見たら、懐かしいような切ないような気持ちが込みあげてくる。まるで去年の……まだお互いになんとなく好きかな、って思っていたころに戻った気がして。

顔を見合わせる。佳乃が口元を隠して顔を背け、陽菜は笑いをこらえて下を向く。

思い出を過去に変えられる気がして、卵焼きをつまんだ。

ほんのり甘いけど、甘すぎるわけじゃない。

なんか、白石くんみたい。

話したい、と思った。この感動を今すぐ伝えられたらいいのに。

そう思うけど、やっぱり明日まで待つしかない。

家からかけてきてくれてもいいんだけどな。

今日のあの照れたみたいな顔を思い出すと、どういうわけかあたしのほうまでちょっと楽しくなるのだった。

12

もしかしたら、小さな願いがかなったのかもしれない。

翌朝、あたしは白石くんからの電話で目を覚ました。

「もしもし？」

「ごめん、南雲さん、寝てた？」

うちは、学校から歩いて十分ぐらいのところにあるのでほかの人より朝が遅い。

「大丈夫。もう少しで起きるところだったから」

「悪いんだけど、今日は弁当作れない」

お弁当がないのは残念だけど、それはそれでちょっとうれしかった。

「じゃあ、今日はあたしが購買で何か買って持っていくね。何がいい？」

「え、でもそれは……」

「お返しさせてよ。もらってばっかりじゃあたしも気まずいし……」

「……ありがとう」

電話を切った。

なんでだろう。すごくうれしくて、跳ね起きてしまった。でも、二回お弁当を作ってもらって、一回返す。これだと、あんまり罪悪感がなくていい。

陽菜と佳乃にその話をしたら、

「じゃあさ、今日は一緒にお昼、食べてきたら？」

と、言われた。最初は「ええ？」なんて言っていたけれど……それも、悪くないかも。

「充にはうまく言っておくからさ」

そう言われたせいか、昼休みは、がぜん気合いが入った。チャイムが鳴ると同時に廊下に飛びだし、もみくちゃになりながらハンバーガーとハムサンドと卵サンドとクリームソフトフランスパン、それにいつものジュースをゲットした。

「遅くなってごめんね！」

ほぼ、勝利を勝ち取った武将の気分で非常階段に着いたのだけれど、

「あ……」

白石くんは、教科書を開いたまま手すりから校庭のほうをぼんやり見ていた。意外そうに振り返ったその表情に思わずむっとしてしまった。

「何？」

「いや、今日は来ないかと……」

カチン、ときた。

「えー、なんで？　あたし、買ってくるって言ったよね。なんで？　遅かったから？」

「ごめん。そうじゃないんだ」

そのうろたえたみたいな動きで気づいてしまった。

大人しいグループの人たちを軽蔑する感じの人がいるのも知ってる。あたしも多分、そうだった。でも自分ではそういうつもりはなくて、自分の周りだけが自分の世界で、その外にいる人のことが視界に入らなかった。ただそれだけだった。

悪いな、とは思う。けど、謝るのも違う気がした。

「……食べよう」

白石くんが広げていた教科書の上に昨日借りて洗ったお弁当箱を置き、その上にハンバーガーと卵サンドを載せた。

「うん」

先に階段に座った。すると、

「あ……」

戸惑ったみたいに立ち尽くしている。

「何やってんの？」

「ここで食べるの？」

「ダメ？」

「いや、そうじゃなくて。あの、石館君とか……」

「実は、白石くんにお弁当作ってもらってること、陽菜と佳乃に言っちゃったんだよね」

「あ……」

眼鏡を指で押しあげた。

「あたしが女の子とつきあってて、その子にお弁当作ってもらってると思ってたから」

「さすがに、それは言い訳してほしいかな」

白石くんも小さく笑った。

「でも、ふつうに考えたら変だよな。昼にいなくなったと思ったら、誰かが作った弁当持って戻ってくるんだから」

「だよね。あたしなんかお弁当がうれしすぎて、そんなことまで気づかなかった」

サンドイッチの包みを開けはじめると、白石くんは少し距離を空けて座った。思わず眉間にしわが寄る。

「ねえ、なんで避けんの？」

「いや、そうじゃなくて」

恥ずかしそうにもぞもぞしている。それがちょっと面白かったので、となりにつめた。白石くんは一瞬、体をこわばらせたけれど、よけはしなかった。体温、みたいなものを感じたら、胸が小さく音を立てた。

「お稲荷さん、すごくおいしかった。ありがとう」

「どういたしまして」

ハムサンドを開けて、思いついた。

「ねえねえ。サンドイッチ、一個ずつ交換しない？」

「いいけど」

二つ入りのパックから一つずつ交換したら、

「南雲さんも、ハンバーガー半分食べる？」

「無理無理！　そんなに食べられないし、半分なんかできないよ！」

サンドイッチにかぶりついた。いつもと同じはずなのに、今日はすごくおいしく感じる。白石くんも交換したサンドイッチをそのまま口に運んだ。

「今日はどうしたの？　寝坊？」

「そういうわけじゃないんだけど、炊飯器、タイマーかけるの忘れて」

「ほかの人のお弁当は大丈夫だった？」

「姉ちゃんは大学生なんだけど、学食で食ってもらって。妹と弟の中学、給食ないんだよ。だからどうにか冷凍ご飯でおにぎりだけ持たせて」

「なんか……えらいね」

「親がすっげえ働いてるんだ。うち、家族多いし。金持ちってわけでもないし。姉ちゃんが掃除と洗濯。おれが料理。それくらいしないと」

「そう、なんだ」

テレビの中の幸せなホームドラマを想像した。自分もその中にいるような気になり、知らずと顔が緩んだ。いろいろ込みあげる思いをジュースで飲み下す。

「おにぎりかあ。それでもいいなあ。具は、何？」

「今日は、おかかチーズと唐揚げおにぎり」

「それ、絶対おいしいやつじゃん。おかかチーズも食べたことない。食べてみたい！」

するると、白石くんは小さく笑った。

「……じゃあ今度、持ってくるよ」

ちょっとだけ胸が熱くなった。それがなんだか恥ずかしくて、サンドイッチの最後をぎゅっと口に押し込んだ。

「うわっ」

ハンバーガーにかぶりついた白石くんがすごい声をあげた。その顔を見て、つい笑ってしまった。

口の周りにべっとり黄身をつけている。それがアニメなんかでよくある、アヒルのキャラクターにそっくりだったから。

「あ、え？　あ」

変な声を出しておろおろしているのを見たら、もう、止まらなかった。ティッシュを渡しながら、おなかを抱えて笑った。

「もしかして、これ食べるの初めて？」

「そうだけど」

「初心者はみんな、制服に黄身をつけちゃうんだよ。でも、こんなふうに口の周りにべったりつける人、初めて見た」

白石くんは真っ赤になった。慌てたみたいに何度も口元をぬぐう姿を見ていたら、ちょっと、かわいい、と思ってしまった。

怒るかな、と思ったけれど、ただ恥ずかしがってるだけみたいで、それもなんだか、きゅんとした。

「ねえ、これ、食べたことある？」

クリームソフトフランスパンを見せた。あたしのお気に入りだ。

「ない、かな」

「半分、食べてみない？」

その細長いパンを手で半分に切って渡した。

「ありがと」

一緒にほおばる。甘い練乳クリームと、もちもちしたやわらかいフランスパン。

「あ、これ、うまい」

「でしょー？」

と、あたしのスマホが音を立てた。

白石くんが我に返ったみたいに笑みをこわばらせた。

充からだった。

「もしもーし」

「おまえ、今、どこにいんの？」

「んー？　友達と一緒。食べ終わったら戻るし」

別に隠してるわけじゃない。でも知られたくなかった。知られたからといって充が押しかけてくるわけじゃない。やきもちを妬くわけでも。だけど……この時間は二人だけの秘密にしておきたかった。

「……おう」

そのまま電話を切った。それ以上聞かれなくて、ほっとした。

「……彼氏？」

ためらいがちに聞いてきた。

「違うよ」

「……となりのクラスの石館君？」

「よくわかったね」

「しょっちゅう、うちのクラスに来てるよね」

「あいつはね、もう、中学のときからの友達」

胸がぎゅうっとなった。それがときめきなのか、後ろめたさなのかはわからないけど。

「石館君は南雲さんのこと、好きだよね」

寂しそうに笑った。何も答えられなかった。そんなあたしを見て、白石くんは視線を落とした。

「わかるよ。……南雲さん、いい人だし、かわいいし」

「それは、キャラだから」

するとと白石くんは小さくうなずき、まっすぐ見てきた。

「……何？」

「いや、キャラじゃない南雲さんのほう。おれは、そっちのほうがいい」

「気づいてたの？」

「気づくよ。全然違うから」

「それはそれで恥ずかしいんだけど」

「全然恥ずかしがることないよ。そんなのふつうだし。最初っから素の自分を見せて引かれるのも嫌だし」

えっ、と思った。

白石くんも、そうなんだ。

「人ってさ……怖いよね」

つい、動きを止めてしまった。白石くんは自分で言ったのにも気づかないのか、自分の世界に入り込んでいるのか、階段の、ゴミがたまった隅を見ていた。

どういうわけか、そこには青虫がいた。まだ動いているのにたくさんの小さな蟻（あり）にまとわりつかれていた。噛まれているのか、つらそうに何度も体をよじらせ、丸まったり伸びたりしている。

苦しくなって、つい、目をそらした。

「でもなんか、うらやましいよ。南雲さんの友達は、素を見せ合えてるみたいだから」

白石くんは青虫の最期を見届けたいみたいに、そこから目を離さない。

「そうだね。小学校くらいから顔は知ってたしね。一緒に遊んだことはなくても同じクラスになったり離れたりして、まあ、ほかの人よりかは近いよね」

そう。昔からの知り合い。だから、あいつらの前で「いい人キャラ」を作る必要はない。それは楽だと思う。

だからといって深い胸の内をさらけだせるか。

それはまた別の問題だ。実際、充からは背中を向けられた。それで陽菜も佳乃も信じられなくなって、相談できずにいた。

あたしたちの関係なんて、薄いガラスでできた工芸品みたいなもんだ。すごくきれいでしっかりしたものみたいに見えるけど、実際はちょっとしたことで壊れてしまう。みんなそれをわかってるから、壊さないように、傷つけないようにそっと扱ってるだけだ。

なんだか苦しくなって立ちあがった。

「そろそろ戻るわ」

「うん」

「あ、ゴミ持っていく」

「……ありがとう」

白石くんが差しだしたゴミを受け取ったとき、気がついた。

「なんか、手、大きくない？」

「え？　そうかな」

不思議そうに自分の手を広げて見ている。手のひらが大きくて、長くて細い指。手の真ん中に小さなほくろがあった。あたしも自分の手を広げてみた。白石くんはのぞき込むみたいにして見比べていたけれど、

「そんなに変わらない……」

「そんなわけないじゃん！」

ぷっ、と、噴きだした。

「見てごらんよ、これ！」

自分の手を白石くんの手の前で広げた。明らかに一回りは大きい。

「え、でも、ほとんど同じだよ」

どういうわけか、白石くんは指先のほうから合わせようとしてきた。

「それ、合わせるところ違うよね。ふつう、合わせるのはこっちじゃない？」

手の付け根を白石くんの手の付け根に合わせようとした。

触れそうになったとき、何かを感じた胸が激しく音を立てた。

思わず手を引いたら、

「動いたらわかんないよ」

白石くんはなにも感じてないみたいに、いきなり反対側の手であたしの手首をにぎった。

すっぽり包まれるような感覚。

頭の中が真っ白になった。

「あっ」

声を上げたのは白石くんのほうだった。目が合った。はじかれたみたいに手を離す。そんなことされたら、さらに意識してしまう。

どど、どうしよう。

「あ、な、あの……」

白石くんも真っ赤になって訳のわからない言葉を発していたけれど、あたしの手首をつかんだほうの手をぎゅっとにぎってひざの上に置いた。

「あの、ごめん……か、勝手に……さ、さわ、触っちゃって……」

「ああっ、あっ、謝んなくていいけどさ」

ダメだ。心臓バクバクするし、汗かくし。恥ずかしいっていうか、照れくさいっていうか。もう、手のひらを合わせようという気はどこかに吹っ飛んでいた。つかまれたほうの手を後ろ手に隠した。

「でも、や、やっぱり大きいよ」

「あ、うん……」

「じゃあね」

それで、ふと思い出してさっきの青虫を見た。

そこにはもう、青虫も蟻の姿もなくなっていた。

まるで最初からそこになかったかのように。

人ってさ、怖いよね。

あの、体をよじらせて苦しむ青虫の姿が、なんとなく頭から離れなかった。

13

水曜日の朝も、白石くんからの電話で起きた。

「今日は弁当、持っていくから」

「ありがとう」

たったこれだけの会話だけれど、昨日のことが思い出されて、つい、頬が緩んだ。

声を上げて笑った。にぎられた手首。照れたみたいな顔。

と、パパの寝室からアラームの音が聞こえてきた。放っておこうと思ったけれど起

きてこないので、ドアを開いてみる。ぴくん、と、体を動かし、飛び起きた。ナイトスタンドの上の目覚まし時計に目をやり、

「あ、あ、古都」

「まずい、寝過ごした！　大事な会議があるんだ。俺がいなきゃ始まらない」

そんなことは聞いてねーよ！

起こしてあげたみたいなものなのに、「ありがとう」も「おはよう」もない。ふざけんな。

パパより先に洗面所に入り、乱暴にドアを閉めたら、ぐらっときた。

何が大事な会議だ。何が、俺がいなきゃ始まらない、だ。

そうやって仕事ばっかり優先してきたせいで、こんなことになってしまったというのに。

ふと、大きな水槽の中を同じ方向に泳ぎつづける魚の姿が頭の中に浮かんだ。

いつだったか、パパにもらった券を使って行った水族館。

このマグロ、あの人みたい。

あのときのママの言葉。

……すべてを考えるのが嫌になり、階段を駆け下りた。

リビングルームのソファの上に、パパのワイシャツが脱ぎ捨てられていた。昨日は

よっぽど遅く帰ってきたんだろう。

ひっくり返したはずのホワイトボードがいつの間にかまた元に戻っていて、日付が書き換えられていた。

吐き気、みたいなものを覚え、もう一度ひっくり返す。

「朝飯、食ったか？」

パパが半分寝ぼけた顔で下りてきた。

ほら、まただ。正面から向かい合ってるのに目も合わせない。

「いらない」

「出張に行く前にパン、買っておいたんだが」

行く前、って、パンの賞味期限を知っているのか、このオヤジは。この時期、パン屋の食パンが一週間以上も常温でもつわけないじゃん。

それに……この世の中、食パンなんて腐るほどあるのに、いまだにママが好きだったパン屋の生クリーム入り食パンを買いつづけてるとか、ウザい。

出勤途中に買って、一日中カバンに入れっぱなしで、ナイスな感じにつぶれたのがキッチンに放置されているのを見て「食べよう」と思う人間がどの世界にいるというのか。

「カビたから、捨てた」

「そうか」

何か食べたいのかな、と思って、

「パンはないけど、パックのご飯がキッチンにある」

「おまえは食べなくていいのか」

わかってない。一人でパックのご飯をチンして食べるくらいだったら、コンビニで何か買って、学校で食べたほうがまだまし。

まあ、最近はコンビニのご飯も飽きちゃったから、それもしてないけど。

……あれ？

「なんでそんなこと聞くの？」

「ママから電話があって、おまえに朝ご飯を食わせろと言うから」

あ、そうですか。ママから言われたからですか。会話して損した。

ぐらぐら。……揺れてる気がするのは気のせいか。

「今日は、早く帰るかもしれない」

「ママにそうしろ、って言われたの？」

返事がない。図星か。

「別に、早く帰ってこなくていいから」

「そうか」

案の定、パパはほっとしたみたいに表情をゆるめた。

そんなふうにされたら子供がどれだけ傷つくかなんて、わかってもないような笑顔だ。

なんでこの人は結婚なんてしたんだろう。なんで子供作ったんだろう。家族より仕事が楽しいんだったら、最初っから一人で仕事だけしてればよかったのに。ママがいたときも、ほとんど顔を合わせてなかった。重要なことは全部、ママを通じて連絡を取り合っていた。

そして今は。

ダイニングテーブルに置かれた伝言ボード。パパが買ってきた。まるであたしと話をするのを避けてるみたいに。

一緒に暮らしてはいるけれど、お互いのことは何も知らない。こんなことに意味があるんだろうか。

くやしくなって、心の中で、「バーカ」と、舌を出してやった。

なんかもう、ぐらぐらが止まらない。地震か、と思ったけどパパは何も言わないから、あたしの体が変なんだろう。

「金は、いつもの引きだしに入れてるから」

一度考え込み、

「あとこの間、水族館の券、二枚やったろ？　使ったか？」

「……まだ」

「牛丼の券、十五日までだっただろ？　あれは株主優待券だから消費期限があるんだ。早く使えよ」

じゃあ、テメーが使えよ！

……と、突き返してやりたいけれど、角が立つのでやらない。見られてる気がして視界の端でそのドヤ顔をとらえる。微妙に視線をそらされていた。

そういうときくらい、目、合わせろよ！

ぐらぐら、ぐらぐら。

金で愛情を表現したいのか。それも、会社で安く買った券。株を買ってもらった券。楽だもんね。ただ渡すだけでいいんだから。

こういうとき、「一回死んでくれ」と、本気で思う。でもすぐに思い直す。

それはそれで、困るんだよな。

14

「はい」

今日も、白石くんからお弁当を渡された。そのずっしりとした重さにほっとする。

「……今日は何？」

胸の高鳴りに息を詰まらせそうになりながら、白石くんの広げたお弁当をのぞき込んだ。

「すごーい！　これ、何？」

思うより先に、言葉が出ていた。ぐるぐる巻いた肉を指さす。

「鳥の胸肉を薄くスライスして、シソと梅干しで巻いて揚げたんだ」

「すごくおいしそう。じゃあ、これは？」

「おからと豆腐のナゲット」

あとは、卵焼き、油揚げと和えた小松菜。ご飯はわかめご飯。トマトとレタスできれいに仕切ってあり、すべてが美しい。手をつけるのがもったいないくらいだ。

これは、みんなに見せびらかさなきゃ。

「じゃあ、行くね。ありがとう」

「南雲さん」

背中を向けようとして、足を止めた。

「何？」

「これからもずっとおれの作った弁当、食べる？」

ためらいがちに切りだした。

「……白石くんが作ってくれるなら……そうしたい、けど」

「じゃあさ、自分の弁当箱、持ってきてくれたほうがいいと思う。毎日使い捨ての弁当箱、っていうのも、味気ないし」

……ほっ、と息をついた。何か、あんまりよくないことを言われるかもしれないと思ったから。

「じゃあ、買うよ」

言ってから、気づいた。

「……どこで買うの？」

「え？」

「どんなのを買えばいいの？」

「買わなくてもいいよ。家にあるなら」

「ないわけじゃないけど」

ママがいたときは、作ってもらってた。そのときのお弁当箱は今でもまだある。ママはこだわりが強くて、「こっちのほうがご飯がおいしいのよ」なんて言って、木でできたお弁当箱を使っていた。思い出したら、また頭がぐらぐらしそうだった。

「やっぱり買うわ。……で、どこで買えばいいの？」

「百均でも売ってるし、ターミナル駅の駅ビルの三階にある生活雑貨の店とか……」

「もう、知らないよ、そんなの！」

訳がわからない。

「じゃあさ、つきあってよ」

「え？」

「買い物」

一瞬、戸惑ったように口を閉じ、

「……いいけど……」

「いつにする？」

「期末試験終わったあと」

ポケットからスマホを出して予定を確認する。白石くんは考え込み、

「日曜なら……」

「来週？」

「うん」

「じゃああたしも、バイト休めるか聞いてみる」

「あ、いいよ。そこまでしなくても」

「するよ！　だって、おいしいお弁当のためだよ！」

「あ、うん……じゃあ……」

ムキになって言ったら、白石くんは恥ずかしそうに下を向いた。

「じゃあ、また明日ね」

お弁当を抱えて階段を上ったのだけれど、なんかあの、白石くんのもぞもぞした態度が気になって仕方がない。

なんであんな、居心地悪そうに……。

非常口のドアから廊下に出て気がついた。

もしかしてそれって……デートじゃない？


「デートだね」

「間違いない。デートだ」

陽菜と佳乃は、ほとんど同時にドリンクをすすった。

放課後のファミレス。バイトまであまり時間がないのだけれど、今日はあたしが二人を誘った。

「わかってて誘ったんでしょ？　絶対あっちは期待してるよ」

佳乃が肩をすくめた。陽菜もわざとらしく眉をひそめた。

「今どき、スマホ見てさ、ポチッ、とすれば翌日には商品が届くんだよ。それなのにわざわざ出かける、って、ねえ」

「同感」

「でもあたしはさ、二人みたいにクレジットカードは渡されてないし」

「代金引換だってできる時代なのに？」

「だって白石くん、そんなこと一言も言わなかったし」

「ワザと言わなかったんじゃないのォ？」

「そんなはずは、ない」

ないと思う。思いたいけど……。

「でもさ、古都だって嫌いじゃないでしょ？」

「何が？」

「何、じゃないよ。白石」

あ……。

そんなふうに考えたことはなかったけれど。

二人して、おなかを抱えて笑った。お稲荷さんを「大好き」と言ったときの照れたみたいな顔とか、あの大きな手……。眼鏡はぶ厚いし、髪はぼさぼさだし。顔で言えば断然、充のほうがかっこいい。でも。

なんでだろう。一緒にいると、ほっとする、みたいな。

「まあね」

「あ、認めた」

　二人で顔を見合わせる。

「つきあっちゃえばいいのに」

「いいんじゃない？　優しそうだし」

「そうそう。くるくる眼鏡にぼさぼさ頭だけど、身だしなみはちゃんとしてるよね。シャツだって、いつもパリッとしてるし。制服もよれっとしてないし」

　言われてみればそうだ。たまに、男の子で身なりを気にしない子なんかはブレザーが型崩れしてたり、シャツの袖まわりとかが黒いまま着ていたりする。でも、白石くんに限ってそういうのはなかった。

「けど、白石ってさ」

　陽菜は何か言いかけて、ハッとしたみたいに口を閉じた。

「ん？」

　なんだろう、と、顔を見る。陽菜は一瞬、我に返ったようにあたしを見ていたけれど、

「あー」

　視線をそらした。

「何?」

佳乃がじとっと陽菜を見た。それで陽菜はもう一度あたしたちを交互に見て、

「……やだ、忘れた」

「へ?」

「何言うか忘れちゃった」

と、目をぱちくりさせた。

「もうやだ」

「でもそういうことってあるよねー」

「適当に言っただけでしょ」

「何言おうとしたんだっけな」

小さく肩をすくめ、手鏡を出して、わずかににじんだアイラインを指でこすった。爪は桜貝みたいなほんのりピンクネイル。

それを見ていたら、急にこの間のことを思い出してしまった。つかまれた手首。大きな手だった。指が長くて……でも、いやとかじゃなくて。包み込まれるような。

「ああ、どうしよう。緊張する。……何着て行こう」

つぶやいたら、二人が「えっ」というように顔を見合わせた。

第２章　唐揚げと卵焼き

1

「ええ？　日曜日？　困ったわね」

という店長を拝み倒して、どうにかバイトを休ませてもらった。

いろいろ考えたのだけれど、当日は、髪はハーフアップにして、トップは水色のフレンチスリーブ。それにベージュのショートパンツ。太いヒールのサンダルを合わせた。

なにせ、一緒に出かけるのは白石くん。あたしだけ必死におしゃれして、あっちがそうでもなかったら気後れしてしまうかもしれない。彼のファッションセンスを信じていないわけじゃないけれど、一体どんな服で来るのか楽しみでもあった。おじさんが穿くみたいなタックの入ったズボンとか、偽物ブランドのポロシャツとか、半そでのシャツのボタンを一番上まで留めて、タックインとかもありうる。

何度かグループで一緒に遊びに行ったことのある男の子たちの、ちょっと残念な服装を思い出しながら待ち合わせ場所に向かった。陽菜や佳乃は、

「ファッションセンスのない男はアウト！」

と、豪語している。あたしも昔はそうだったけれど、白石くんなら何を着てても許せるような気がした。いや、いっそのこと壊滅的なくらいのほうがいい。そしたら、あたしが服を買ってプレゼントできる。お弁当のお返しにもなるし。

ママがよく言っていた。

「若いころ、パパ、ほんとにファッションセンスがひどかったのよ」

「そうなの？」

「そうよ！　ママが自分好みに変えちゃったの」

……そんなことを思い出し、自分でもぎょっとした。

別に、ママの真似をしてるわけじゃない。あたしがそうしたいだけだ。

約束は、十二時にターミナル駅の南出口。一緒にご飯を食べよう、と誘ったのはあたしのほうだ。待ちきれなくて約束の十分前に着いた。

どきどきしながら、周囲を見回した。背の高い人とか眼鏡をかけている人を見るたび、緊張した。でも誰も白石くんではなかった。

約束の時間になった。

まだ来ない。

五分が過ぎた。

不安になって、思わずサンダルの先でコンクリートを蹴った。

気配を感じた。

白石くん？

顔を上げて、息が止まりそうになった。

「君、うちの学校の子だよね？」

にやけた顔。茶色く染めた髪。派手なシャツ。首から提げているのは、鎖みたいなネックレス。

心臓が不気味な音を立てた。

サッカー部の先輩たちだった。充が親しくしている人たちではない。よく体育館の裏でタバコ吸ったりさぼったりしているグループ。

一人が笑った。

「充の友達だよな。南雲古都ちゃん？」

ぞっとした。なんで顔しか知らないあんたがあたしの名前を知ってんの？　それも、フルネーム！　残りの二人も後ろでニヤニヤしている。

顔がこわばるのを感じた。

「一人？」

「……別に」

さすがにこんなときまで「いい人キャラ」なんてやってらんない。

「でもさっきからずっと待ってるじゃん？」

キモい。どこかから見てた、ってこと？

白石くん……まだ!?

助けを求めて顔を上げた。

「もう来ないよ、きっと」

「俺たちとランチ行かねえ？」

「おごるよー」

「いいです」

怖くなって歩きだした。指先まで冷たくなる。心臓が狂ったように音を立てている。

「逃げなくたっていいじゃん！」

「ねえ、待ってよ」

少し離れたところからついてくる。あたしが警戒しているのが面白いみたいだった。

本気で気持ち悪かった。

白石くん、早く来てよ！

ちらっと時計を見ると、十分過ぎている。

すっぽかされたのかな……。いや、ただ単に遅れてるだけだよね。

突然、前に佳乃が言っていた言葉が思い出された。

「友達と最初に遊びに行くときってさ、約束しても、直前になって行くのイヤになるんだよね」

だからって、本当にすっぽかすことないじゃん。実際、佳乃だって嫌だ、嫌だ、と言いながらちゃんと来てくれた。本気で嫌ならせめて連絡、くれればいいのに。スマホの番号、教えてるんだから。

「古都ちゃんってば！」

先輩のヘラついた声。吐き気がする。

柱の向こうの小さいほうの改札へと向かう。まだ先輩たちはついてくる。道行く人はちらちらと見るだけで、そのまま通り過ぎていく。

「こーとちゃん」

「いいじゃん、ランチぐらい」

……何やってんの？　早く！

恐ろしさと心細さで気分が悪くなる。でも、こんなところで弱いところなんか見せられない。胃がふさがるような気がした。歯を食いしばり、小さいほうの改札の前を通り過ぎた。そのときだった。

「すいません！」

後ろから声がした。

白石くん！

思わず笑顔で振り返り、体がこおりついた。

同じ年くらいの背の高い人だった。長めの前髪を立ちあげるみたいにして出した額の下にあるのはきれいな形の眉。切れ長で二重の目。すっと通った鼻筋。引き締まった唇。

すっきりしたデザインの白いTシャツからは、引き締まった腕が伸びていた。ダボッとしたカーキのズボンに紺色のコンバース。

なんか……雑誌の表紙から抜けだしてきたみたいな人。

……違ってた。

そのことがショックで、ちらりと見ただけで顔を背けた。

その人は足早に近づいてきて、あたしと先輩たちの間に立ちはだかった。

「彼女に何か用ですか？」

「なんだよ、おまえ」

「おれと待ち合わせしてるんですけど」

すると先輩たちは顔を見合わせた。怯んだみたいに、その人を上から下まで眺め回す。見た目では、あきらかに負けている。自分たちもそのことに気づいたみたいだった。

「なんだ、男と待ち合わせかよ」

「早く言えよ」

負け犬感を漂わせて、背中を向けた。

ほっ、とため息をついたとき、その人が表情をゆるめてあたしを見た。

「あの……」

「どうもありがとう。助かりました」

またいつもの「いい人キャラ」の笑顔を作った。そのまま立ち去ろうとしたときだった。

「南雲さん、待って」

ぎょっとした。ぎょっとしたあたしを見て、その人も顔色を変えた。

「なんであたしの名前、知ってるの？」

「え？」

やばい、と思ったみたいに、その人は言葉をなくした。

そういえばさっきの先輩たち、あたしの名前、フルネームで呼んでた。聞かれてたんだ。

全身に鳥肌が立った。思わず後ずさった。

「キモいんだけど」

「あ、あの、おれと待ち合わせを」

「いや、してない」

さらに後ずさる。その人はもう一歩近づいて、

「でも」

そのとき、また、佳乃の言葉を思い出した。

「一度さ、本気で行くのイヤで、どうしてもイヤで、代わりに友達に行ってもらったことがあるんだよね。待ち合わせしてたの、男の子だったたんだけどさ」

そのときは、「ひどーい」なんて笑っていたけど。

こいつも、替え玉かも。……だったらあたしの名前、知っててもおかしくない。

ショックと同時に脱力感、のようなものに襲われた。

ああ、だめだ。ぐらぐらしてくる。

本気で足元が不安定になって、思わず柱に手をついて体を支えた。

「……大丈夫？」

その人が顔をのぞき込んでくる。

「大丈夫だから」

「でも南雲さん、顔色が……」

「だから、知り合いでもないのに気やすく呼ばないで！」

ちらっとそいつを見た。

「でもおれ、白石……」

やっぱりそうだ。替え玉か。

頭に血が上った。ぐらぐらしているのも忘れて、その人を正面から見た。

「あんた、白石くんの友達？」

「ええ？　と、とも……え？」

「グルになってあたしのこと、だましたの？　それとも急に行きたくなくなったから代わりに行けって言われた？」

「そうじゃなくて」

「信じらんない！」

思い切りにらみつけた。ぐらぐらが大きくなっていく。

「あいつに言っといて。自分で断るのが嫌だからって、ほかの人よこすなんてサイテーだって！　あたしと出かけるのが嫌なら、自分で言え！」

みじめだ。

悔しいけど、結構期待してた。楽しみにしてたのに！

行こうとしたとき、

「待って」

手首をつかまれた。

「やめて！」

思い切り振り払ったあと、気づいた。

あれ？　……この手首をすっぽり包まれる感じ。初めてじゃない。前にも一度……。

振り返って改めて目の前の人を見た。

その人は、傷ついたみたいに立ち尽くしていた。

「おれだって。白石。本人」

よく見てみる。きりっとした目につん、とした鼻。きれいな形の唇。

「……別人じゃん」

「本物だって。信じてよ」

どきん、どきん、と、胸が音を立てる。その切実な声。実際、さっき後ろから声をかけられたときは、白石くんだと思った。上から下まで見てみる。たしかに、背は高い。

「……くるくる眼鏡、どうした？」

「今日はコンタクトにしたほうがいいかな、って」

「目がおっきくなってんだけど？」

「ド近眼だから……」

「頭、ぼさぼさじゃないじゃん！」

「だって、今日は南雲さんとデートだから……」

自分で言っといて、まずい、と思ったみたいに下を向く。

「ごめん」

「……なんで謝るの？」

「デートなんて言ったら、迷惑だよね」

「手、見せて」

するとその人は思い出したみたいに、その大きな手をおずおずと目の前に広げてみせた。手のひらが大きくて、長くて細い指。手のひらの真ん中には、小さなほくろ。

……白石くんだ。

ほっとした。全身から力が抜けていくような気がして、柱に寄りかかる。

「……南雲さん？」

「……本人だったら、迷惑じゃないから」

「ごめん」

本当に申し訳なさそうに、しゅん、と、うなだれた。二人でゆっくり歩きだす。

「来ないかと思った」

「……え？」

「あたしとデートするの、直前に嫌になって来るのやめたのかと思った。……嫌われたのかも、って」

するとし、白石くんは立ち止まった。

「それはない。そんなこと、絶対にないから！」

いつになくムキになっていた。あたしが驚いているのに気づくと、

「……あ、ごめん」

急にいつものおどおどした白石くんに戻った。

あたしたちはまた、歩きだした。

「ごめん、おれ、小さい改札のほうで待ってた。いつもそっち使ってるから」

「あたしも、白石くんが去年ここに来たばかりだ、って忘れてた」

白石くんを見あげる。あたしも、あまりにふつうすぎて忘れていたけれど、この駅の南口には改札が二つある。大きいほうと、小さいほう。

「地元の子たちは、南口で待ち合わせ、って言ったら大きいほうの改札のほうで待つんだ」

「ごめん。おれが間違えたから、声かけられたんだよね。くやしいよ。二十分前には着いてたのに」

「……そんなに早く？」

あたしは、まじまじと白石くんを見あげた。

うれしかった。さっきまでは……激おこだったけど。

意外だった。服のセンスも悪くないし……伸び切った前髪とぶ厚い眼鏡の向こうにこんな顔が隠れていたなんて。

「次は、大きいほうの改札で待ってて」

「次……あ……」

ほんのり頰を赤らめた。それを見たら、自分でも恥ずかしくなった。……心の中ではすでに「次」を期待していた。

「……うん……」

最後には、恥ずかしそうにうなずいた。

2

「白石くんは、何食べたい？」

「おれはなんでも食べるけど、南雲さんは何が好き？」

「最初に言っておくけど、今日はあたしがお昼、ごちそうする番ね」

ふつうにかっこよく登場されてしまったせいで、服を買ってお返しする、という選択肢がなくなってしまったから。

「えっ、でも……」

「おいしいお弁当作ってもらってるお礼」

「けど、そんなの全然、大したことなくて」

「あたしにとっては大したことなの。すごいことなの。だから、ね」

しばらく考え込んでいたけれど、

「それじゃあ……うん……ありがと」

あたしもそれですっきりして、駅ビルの中に入った。

エスカレーターで上の階に向かいながら、鏡になっている壁面に顔を向けた。

「白石くん、眼鏡外して髪の毛上げると、別人だね」

「そう……かな」

「学校にもそれで来ればいいのに。かっこいいんだから」

「……それは、ちょっと」

口ごもってしまった。照れてるのかと思ったけど……なんか、そうではないみたい。

「おれ、下手でさ」

「は？」

「コンタクト。時間がかかるんだ。目に入れるの、怖くて」

ものすごく神妙な顔で言うから、つい、笑ってしまった。すると白石くんも、ほっとしたように笑った。

「じゃあ今日は？」

「れ、練習した」

「コンタクト入れる練習？」

「そう。……い、一時間でできた」

そんな人、聞いたことない。なるべく笑わないようこらえたけど、とうとう声を上げて笑ってしまった。でも本人は必死みたいだった。

「朝、弁当作って、みんなにメシ食わせて、片づけてたらそんな時間ないし。家も遠いし」

「どこ?」

場所を聞いて、驚いた。電車で三十分はかかるところだ。

「え? なんでそんなとこから通ってんの? ほかにも近い高校、たくさんあるのに」

思わず言ってしまったけれど、それ以上は教えてくれなかった。

向かったのは、二階の階段の脇にある、「パンジー」という小さな喫茶店だった。暗めの照明に、古い木製のテーブルと、重たい椅子。昭和の感じがする店だ。足を踏みいれたら、懐かしさにちょっと、込みあげるものがあった。

小さいころ、三人でよく来た。パパとママが別のを頼んで、あたしは二人から少しずつ分けてもらっていた。離婚する前はママと二人で。そして、離婚してからは……初めて。

本当は来たかった。でも、来ることができなかった。パパに「行こう」と言うこともできなかった。なのになんでだろう。白石くんとなら来られる気がした。昔を思い出して感じる胸の痛みより、喜んでもらいたいという気持ちのほうが大きかったし、白石くんならここの料理を喜んでくれると思った。

昼時のせいか、店は結構混んでいた。席を探していると、

「あれ、古都ちゃん!」

「おばちゃん」の声に顔を上げる。そこには六十代くらいの女の人が立っていて、笑顔を見せた。そのなつかしい笑顔に、緊張も吹き飛んだ。一年くらい見ない間に、急に白髪が増えた気がした。あたしと白石くんを見比べると、

「こっちが空いてるよ」

　と、奥のほうの席に案内してくれた。

「知り合いのお店？」

「小さいころからよく来てたんだ。さっきのおばちゃんの旦那さんがシェフでね、もう何十年も一人で厨房（ちゅうぼう）、切り盛りしてるの。あたしは、流行（はや）りのチェーンレストランとかファミレスよりはずっとおいしいと思ってるんだ」

「へえ。楽しみだ」

　白石くんも笑顔を見せた。二人でひとつのメニューをのぞき込み、

「このランチプレート、すごいんだよ」

　真ん中のほうを指さした。ランチプレートのＡはスパゲティナポリタン、ハンバーグ、クラブサンド。ランチプレートのＢはマカロニグラタンにチキンソテーにオムライス。

「すごいな。三種類もつくんだ」

「食べきれないかも」

「おれは、自信ある」

「じゃあ、あたしが食べられない分も食べてね」

「わかった」

「何か飲む？」

と聞いたら、

「おれは、水でいいよ。南雲さんは？」

「あたしも水。ほかのもの飲んだら……」

突然、思い出した。

――ミックスジュース頼むか？　いろんなフルーツが入ってて、うまいんだぞ。

いつかのパパの声が聞こえた気がした。ママが呆れた顔でパパを見る。

――だめよ、そんなの頼んだら。ご飯が食べられなくなるじゃないの。おいしいけど、濃厚なんだから。

――じゃあ、俺が頼むよ。古都、一口やるからな。

――やったー！

楽しかったころ……あたしたちがまだ家族だったころ。

「……南雲さん？」

白石くんの声で我に返った。見慣れた店内。でもそこにはパパもママもいない。

「ごめん。……何話そうとしてたか、忘れちゃった」

本当は忘れたわけじゃない。忘れてしまいたいんだ。

ランチプレートのAとBをひとつずつ頼んだら、十分ほどで料理が運ばれてきた。鉄板に載せられた料理は、ジュウジュウと音を立て、デミグラスソースのいいにおいが立ち上る。クラブサンドとマカロニグラタンは別皿で出された。

おばちゃんは、いつも家族で来ていたときと同じように取り皿を二枚持ってきてくれた。今日は三人で二人分じゃなくて、二人で二人分、頼んでいるというのに。

久しぶりに食べるここの料理は本当においしかった。おいしかったけど……ママがオムライスが大好きだったこととか、いつも「どうやったらこんなにチキンの皮がパリパリになるのかしら」なんて言っていたこと、サンドイッチが大きすぎて口に入らなくて、ナイフで小さく切って食べていたこと、パパがそれを見て、「どこのお姫様だよ！」なんて笑っていたことなんかを思い出してしまった。

自分から誘ったのに……この店を選んだことを少しだけ後悔しはじめていた。

「南雲さんは、あんまり食べないんだね」

白石くんが気にするように手を止めた。

「そんなことないよ」

食欲をなくしてしまったのを悟られたくなくて、無理にグラタンをほおばった。その間にも、白石くんはものすごい勢いで料理を平らげていく。

「どうしたの？」

あたしがあんまり見ているのに気づいたみたいだった。手を止める。

「大食い動画の早送りみたい」

「そうかな？　ふつうだと思うけど」

「お弁当、あんな小さいので足りてるの？」

いつも見ている白石くんのお弁当箱は、あたしのよりは大きいけれど、充のよりも小さいくらいだ。

「足りてないよ」

「じゃあ、なんで」

「眠くなっちゃうじゃん」

そこで、大きなハンバーグのひと切れをほおばった。

「おれ、学校しか真剣に勉強できるところないからさ」

「大学受験の準備？」

「まあ、うん」

「予備校行けばいいのに」

するとと白石くんは考えるみたいに下を向いて、黙って食事を口に運んでいたけれど、急に顔を上げた。

「うち、兄弟多いし、バイトもあるし」

「あ……」

――お金にけちけちしなくていいなんて。

前に聞いていたことを思い出し、言ったことを後悔した。

「……いいなあ、兄弟」

体をソファの背もたれに預けた。すると、何か思い当たることがあるみたいに手を止めた。少し考え込んだあと、

「そうだね……まあ、いてよかった、って思うことは……たまにあるよ」

噛みしめるみたいにつぶやく。

あたしはただ、ぼんやりと白石くんが食べる様子を見つめた。でも頭に浮かぶのは、誰もいない家。しん、と静まり返った中、時々聞こえるのは自分の独り言の声。わざと時間をずらすみたいにこそこそ帰ってくるパパ。部屋にいるとわかっているのに、声をかけ合うこともない。

うちにはお金はある。でも、家族の絆(きずな)は、ない。

「おれ……なんか、悪いこと言った？」

白石くんの声で現実に引き戻された。

「ごめん。うらやましいな、って思って」

「なんか、ごめん」

「いや……そこ、白石くんが謝るとこじゃないから」

なんとなく噛み合ってない気がして、つい、笑ってしまった。なんでだろう。白石くんといると、ほっとする。気持ちが楽になる。

急に笑いだしたので、白石くんのほうも驚いたみたいだった。

「え？　これ、笑うとこ？」

「やだ、白石くん」

笑いが止まらなくなってしまった。すると白石くんも微妙な感じで笑った。声を上げて笑ったせいか、もう少し食べられそうな気がしてきた。またフォークをにぎる。

「あたし、ナポリタン好き」

「じゃあ、おれが取り分ける」

あたしの皿にたくさん盛ろうとするので、

「だから、こんなには食べられない」

「こんなの、二口（ふたくち）だよ」

「無理だって！」

こうしている間だけは……ママとパパのことを忘れることができた。

3

帰りは、白石くんには先に出てもらってあたしがお会計を済ませた。おばちゃんはあからさまに顔をゆがめた。

「なんで古都ちゃんがお金払ってんのよ。こういうところは、男に払わせなきゃ」

「いいの」

「よくないよ！」

そしてすぐに声をひそめる。

「そんな若いときから男に貢ぐ癖なんかつけてどうすんの！　あんたもあの子も、ろくな大人にならないよ！」

貢ぐって……。つい、笑ってしまった。

「大丈夫だよ。だって白石くん、毎日あたしにお弁当、作ってくれてるんだよ。今日はそのお礼」

「へっ？」

おばちゃんは言葉を失った。外で所在なさそうに突っ立っている白石くんを見て、「はん！」と、呆れたみたいな声を上げた。

「世の中、変わったねえ」

もう少し何か言いたそうだったけれど、後ろに会計のお客さんが立った。

二千円を出すとお釣りを数えながら、

「じゃあ、あの子には、いつでもここに来ていいよ、って言っておきな。タダで大盛にしてあげるから、って」

と、ささやいた。

「……ありがとう」

「仲良くするんだよ」

じっとあたしの目を見て、手の中にお釣りを押し込む。

「あんたもいつでも来ていいんだからね。あたしたちも待ってるから」

両手であたしの手を包んだ。ちょっと、熱い塊が込みあげてきた。それを飲み込みながら、ママとパパが離婚したこと、知ってるのかもしれないな、と、ぼんやり思った。

「お待たせ」と、外に出たら、「ごちそうさまでした」と、頭を下げられた。

「やだ、やめてよ、恥ずかしいじゃん」

二人で歩きだした。

「おばちゃんが、いつでも来ていい、って言ってたよ。タダで大盛にしてくれる、って」

「うれしいな。すごくうまかったから」

お弁当箱を売っている生活雑貨の店は三階にあった。

この駅ビルには何度も来ているけれど、三階で降りることもほとんどなかったし、こんなところに生活雑貨の店があったことさえ知らなかった。

キッチン用品のそばを通りかかったら、エプロンが目に留まった。

「白石くんは、エプロンつけるの？」

「制服に着替えてから料理するときは、そうだね」

「えー？　どんなの？」

「それ、言う必要ある？」

あからさまに顔をしかめるので、笑ってしまった。とんでもなく変なのか、女性用か。

「あー。変なこと考えてるだろ」

「いや、考えてない。レースのエプロンとか花柄とか、全然、想像してない」

「そんなの、つけないよ！」

顔が赤くなった。それでまた、声を上げて笑ってしまった。

お弁当箱売り場は、ちょうどフロアの真ん中ぐらいにあった。

「ええー、すごい。こんなに種類、あるんだ」

筆箱ぐらい細いやつとか、保温できるもの、大きいもの、小さいもの、様々だ。

「ねえ、冬はどこで食べてるの？」

「同じところ」

「寒くない？」

「クソ寒い」

「だよね」

へえ。白石くん、「クソ寒い」とか言うんだ。なんだか……意外。

「去年は鼻水たらしながら食ってた」

こんな言葉が飛びだすとは思わず、また笑ってしまった。楽しかった。本当に……すごく。ずっとこの時間が続けばいいのに、と思うほどに。

「なんで中に入らないの？」

「教室で一人で弁当食うとか、地獄だろ」

「あたしたちの中に入ればいいじゃん。陽菜も佳乃も白石くんがあたしのお弁当作ってるの知ってるんだし」

「石館君、いるし」

「充はいいよ、気にしなくて」

「……気にするよ」

黙り込んでしまった。ちょっとからかってやろうと思った。

「じゃあ、あたしと二人で食べる？」

「ええっ！」

冗談で言っただけなのにあんまり大袈裟に驚くので、なんか、カチンときた。

「何それ。そんなに嫌がらなくてもいいのに」

「い、いやとかじゃなくて」

「もし外で食べるんだったら、これがいいんじゃない？」

炊飯できるものを手に取った。

「十五分ぐらいでご飯炊けるんだって」

「どこで炊くんだよ」

「教室、とか」

「授業中に教室で米炊いて、出来あがったら非常階段で一人で震えながら食う。……めちゃくちゃ変な奴じゃん」

「そこまでできたら、逆に人気者になれるよ」

二人でまた、笑った

いろいろ見ていると、少し離れたところに「曲げわっぱ」というコーナーがあるのに気づいた。そこで、浮わついていた気持ちが一気に沈んだ。

「ああ、これ、いいよね」

白石くんは、無邪気にそっちのほうへと近づいていった。手に取って、

「うちのバイト先でも、お弁当は木の箱に入れてるんだよ。常連さんは、ご飯がおいしい、っていつも言ってる。これ、欲しいけどな。……やっぱ、高いな」

「そ……だね」

あたしもひきつった顔で笑った。

持ってる。ママが家を出るまで、この木でできたお弁当箱を使っていたのだから。これだと、ご飯がおいしいのよ、って。……ママが。

心臓が高鳴りはじめ、息が苦しくなった。ちょっと、ぐらぐらが始まりそう。

そのときだった。

「古都?」

何が起こったのかわからなかった。ちょうどママのことを考えていたから空耳かと思った。白石くんも動きを止めた。

何気なく振り返った。一瞬、誰だかわからなかった。

「古都……」

本当に、ママだった。ものすごく驚いたみたいな顔でこっちを見ている。

絶対に会いたくなかった。なのに。

「こんな偶然、って、あるのね……！」

感激したみたいにママが言った。弾けるような笑顔に、ねじれるような不快感を覚えた。大きく地面が傾いた気がした。よろけると、

「大丈夫？」

とっさに白石くんが支えてくれた。なのに……ぐらぐらしはじめた。

改めてママを見た。

自慢だった黒のロングヘアをショートにして明るい茶色に染めていた。メイクも、あたしが選んであげたオレンジ系のリップではなく、落ち着いたピンク色のものを使っていた。こんなママ、見たことない。きれいになってた。前よりずっと若く見える。服だって今までは絶対にデパートでしか買わなかったのに、量販店で売っているようなカジュアルなものを着ていた。おなかのところがゆったりとしていた。

全身から熱が奪われていく。

ママの表情は明るかった。まるで幸せの絶頂にいるみたいだ。そして、一緒にいるのは知らないおじさん。パパよりずっと若い。優しそうな人だった。ママはその人に寄り添い、腕を組んでいた。

……汚い。

とっさに顔をそむけた。ママはそれに気づくと、はっとしたようにその人の腕から手を離した。

「元気だった？　毎日電話してるのよ」

ブロックしてんだよ。わかってんでしょ!?

近付いてきたので、とっさに後ずさった。

「古都。あなた、ちゃんと食べてるの？　少しやせたんじゃないの？」

なのに、ママはあたしの気持ちなんか知らずに距離を詰める。頬に触れようと手を伸ばしてきた。

「さわんないで！」

反射的によけたら、ようやく気付いたみたいに動きを止めた。表情が一気にこわばっていく。伸ばしかけた手を下ろした。

悪いな、と思った。でも……一度でも気持ち悪いと感じたらもう、無理。

ぐら、ぐら。世界は揺れつづける。

苦しくて、ママの顔が見られない。

「よかった……会えて」

お願い、話しかけないで。

「よく、ここ来るの？」

頼むから、どこかに行って。ほんとに、お願いだから。

「古都のお弁当箱、ここで買ったのよ。……やっぱりあのお弁当箱、いやだった？ そうよね。いやよね、木のお弁当箱なんか。もっとかわいいのがいいわよね」

痛々しいほどひきつった声を上げた。

何言ってんの？　前は、どんなにいやだ、って言っても代えてくれなかったじゃん。高かったんだ、って。職人さんの手作りだ。これだとご飯がおいしいから、って。

だめだ、吐き気がする。下を向き、必死にこらえる。

「新しいの買うの？　だったら買ってあげる。ママ、この人のお仕事のお手伝いしてるの。お給料ももらってるのよ。だからママに買わせて。ええと、古都はどういうのが好き？　色は絶対ピンク……」

「やめて」

自分でも驚くほど冷たい声だった。ママは口を小さく開いたまま表情を凍らせた。変な顔で笑ったけれど、それが笑顔かどうかはわからなかった。

「自分で買うから」

「あ……」

そのまま声を失った。涙ぐんでるみたいだった。

会いたかった。多分。

でも、それ以外の感情が大きすぎて、あたしの知らないママの情報が多すぎて処理できない。どくん、どくん、という音が全身にひびく。ママが揺れているように見える。あたしが揺れているのか？　それとも地面が？

一緒にいた男の人が、

「はじめまして」

と、頭を下げた。

その姿を見て、全身が氷のように冷たくなった。苦いものが込みあげてきた。後頭部がひりつくような焦りと吐き気にも似た不快感。

ぐらぐら、ぐらぐら。息づくような揺れ。

あたし……やっぱりいやだ。

意を決したみたいに、ママが口を開いた。

「ねえ、古都、この人……」

「幸せそうで、よかった」

ママの言葉を遮った。それ以上は聞きたくなかった。もう一歩下がった。二人とも傷ついたみたいな顔をしていた。

「南雲さん？」

その声で現実に引き戻された。感情の渦から、今、この場所に。

白石くんを見あげた。心配そうにあたしを見る表情。

「この人とつきあってるの」

とっさにその腕に抱きついていた。白石くんの体がわずかにこわばった。ママも驚いたみたいに息を呑んだ。

「同じクラスの白石くん」

「はじめまして」

「そう、なのね……」

ママはひきつった顔で笑った。信じているのかどうかはわからない。ただそれ以上は言葉もないみたいだった。

白石くんは、あたしに合わせてくれた。腕から感じる体温で、体中にぱんぱんに詰まっていた何かが溶けていく気がした。

あたし、できる。……できるから。

幸せなふり。楽しそうなふり。

気がついたら口を開いていた。

「あたし、大丈夫だよ。ママがいなくても全然楽しいし」

「パパは……？　早く帰ってくる？　ご飯用意してくれる？」

「するわけないじゃん。っていうか、関係ないし。あたしもう高二だよ。食事ぐらい自分でどうにかできるよお」

「目立つグループにいるけどいい人」の顔で笑った。ママの表情が苦しそうにゆがんだ。

「ね、古都。やっぱりあたしたちと一緒に」

「白石くんがいてくれるの」

もっと強く白石くんの腕を抱きしめた。

「だから、大丈夫。心配しないで。……行こう」

そのまま引っ張ったら、白石くんはつられるみたいに数歩、踏み出した。

「古都」

「南雲さん、いいの？」

「古都、待って！」

聞こえているけど、聞こえていないふりをする。

「いいの。これで」

前だけをにらみつけた。

「あたしは行かない！」

——あの日の自分の言葉。あのときのママの驚いたような顔。一緒に暮らさない、という選択など、まるで一パーセントも考えたことがないみたいな。

「どうして？　なんでなの、古都。あの人も一緒に暮らそうって言ってくれてるの。楽しみだ、って」

「なんで相談してくれなかったのよ！」

それで、初めて気づいたみたいだった。あたしには、何も教えてくれていなかったこと。

「……言いだせなかったの」

ママは青くなって震えていた。

「陽菜ちゃんの彼が二股してた、って、古都、すごく怒ってた。マッチングアプリやってたとか、つきあってる人がいる、なんて言ったら絶対に嫌われると思った。それが、怖かった」

「あたしのせいにしないでよ！」

「そうじゃないの。ママ、寂しくて」

「そんなの、自分のことだけじゃん！」

「……え？」

あの時、ショックを受けたようなママの顔は今でも忘れられない。

「あたしが寂しくないとでも思ってた⁉　友達の家はみんなパパがいてさ、優しくて、一緒に遊んだり、出かけたりしてた。うらやましくてたまらなかった。だから友達とつるんでたんじゃん！　でも、あたしにはママがいてくれたから。ママがいたから、安心して友達と遊べたんだよ！」

でもママは、その言葉には答えてくれなかった。

「ね、お願い。会うだけでもいいから。一回だけでもいい。すごくまじめでいい人なの。誠実で優しくて……」

「キモいんだよ！」

それ以上は聞けなかった。……聞きたくなかった。

言いだせなかった？　怖かった？　何言ってんの？　あたしが「本当に」何も気づいてないと思ってたの？　表情が前より明るくなったこと、機嫌がよくなったこと、ときおりふと見せる熱に浮かされたみたいな表情。

知ってた。ずっと前から気づいてたよ！　でも、もし本当に好きな人ができたなら、ママは一番にあたしに相談してくれると思ってた。そう信じてた。だから、男じゃなくて別のいいことがあったんだと思い込もうとした。

あたし、何度も聞いたよね？「何かいいことあったの？」って。でもいつでもママは自分だけ幸せそうに微笑んでこう答えた。「何もないわよ、ふつうよ」って。本当はイヤだった。気持ち悪かった。でも、相談してくれてたら賛成してたと思う。あんなパパ捨てて好きな人と一緒になりなよ、って。そうなったら……一緒に行くんだろうな、って思ってたのに！

「行って」

「古都も一緒に……」

「あたしはここに残る！　パパと一緒にこの家にいる！」

若くてきれいな自慢のママだった。優しくて、料理上手で、あたしのことを大切にしてくれた。

仕事で忙しいパパを恋しがって泣くたび、ママは言った。

「古都にはママがいるじゃない。ママだけいればいいじゃない」

だからあたしは、ママはあたしだけのママだと思ったし、あたしはママだけのあたしだと思った。どんなに友達とたくさん時間を過ごしても、いつもママのことを考えてた。楽しいことがあれば、「帰ってこれを話そう」、悲しいことがあれば、「ママに聞いてもらおう」。充のこと、友達のこと。なんでも相談した。だから、ママがあたしに隠し事をしてるのが、苦しかった。傷ついた。待ってた。相談してくれるの、ずっと待ってたのに！

どうして裏切ったの？

ぐらぐらが大きく激しくなり、足元さえおぼつかない。人にぶつかってしまい、「すみません」と、頭を下げた、そのときだった。

「ごめんね！」

悲鳴のような声がひびいた。思い出から一気に現実へ戻る。

息が止まるかと思った。足を止めて振り返ったら、目の前の風景が大きくゆがんだ。

「本当に、ごめんなさい」

ママは、泣いていた。顔をぐちゃぐちゃにして。涙をぼろぼろこぼして。こんなに泣いているママを見たのは、生まれて初めてだった。

ずるい。

涙が込みあげそうだった。でも、ここで泣くのは違うと思った。

自分だけ泣くなんてずるい。あんなに明るい顔で笑うなんてずるい。あたしには涙も、あんな笑顔も見せてくれなかったくせに。

奥歯を噛みしめたときだった。

ママはその涙にぬれた目を、まっすぐ白石くんに向けた。前のめりに近づいてきて白石くんの両手をつかんだ。白石くんはぎょっとしたように後ずさったけれど、ママはその手を離さなかった。

「白石くん。古都ね、食が細いの」

下からのぞき込むように白石くんを見つめる。

かっ、と、頭に血が上った。

「やめてよ！」

ママの手を白石くんから振り払った。けれどもママはもう一度白石くんの手首をぎゅっとつかんだ。

「言わないと、すぐに食べなくなっちゃうの。自分では大丈夫、って言うけど、それで貧血になっちゃうの。だから、食べるように言って。無理にでも食べさせて……ね」

「あ……はい……」

「やめてって！」

無理やりママの手を白石くんからほどいた。

「行こう」

シャツの裾をつかんで、引っ張るようにそこから離れた。

「おねがい！」

ママの声が追いかけてくる。

「古都を、よろしくおねがいします」

黙れ！

振り返った。

言葉が出なかった。

ママは、あたしたちに向かって深く頭を下げていた。

「おねがいします……」

最後のほうは、よく聞き取れなかった。

白石くんも立ち止まった。まっすぐママに向き直り、同じくらい深く頭を下げた。

ママはその場で泣き崩れ、おじさんがママを支えた。それを見て、はっきりと自覚した。

あそこには、あたしの居場所はないんだ、と。

そのあとは、どこをどう歩いたのか自分でもわからなかった。

「……大丈夫?」

白石くんの声で我に返る。

広い階段の踊り場に来ていた。天地がひっくり返るくらいぐらぐらしている。もうこれ以上耐えきれず、壁に手をついてそのままもたれかかった。

「ごめんね」

「何が?」

「いろいろ」

息をついた。空気が入ってこない。

「ママが、変なことして。……つきあってる、なんて言って」

「おれは……かまわないけど……」

深呼吸するのに、苦しい。

「でも、いいの？　南雲さん、つらそうだけど」

「あれで、いいの」

口をゆがめて笑った。

「あの人、あたしを裏切ったの。ある日突然、好きな人ができた、って、家を出た。おなかに……あの男の人の赤ちゃんがいるんだって」

空気が足りない。何度も深呼吸した。

「一緒に来て、って言われたんだけどさ、無理だよね。そんな、いきなり。不倫してた、ってことでしょ？　それで、子供まで作って。そんなことされたら、パパだって離婚届に判押すしかないよね？」

ごめんなさい。……さっきのママの言葉が胸の奥に突き刺さる。

なんで今さら、ごめんね、なんて。

謝る機会なら何度もあった。でもそうしなかったのは一緒に暮らすつもりでいたからだ。まだ、希望があると思ってたから。でも……決めたんだ。

あたしを諦める、と。

「ママにはママの生活があるんだよ。ママの中ではあたしもその一部みたいだけど、あたしは……いいかな。ママはママ。あたしはあたし。そうやって生きていったほうがいいと思う。多分。……わかんないけど」

だって、ほかの人との間にできた赤ちゃんとなんか暮らせない。パパのことが特に好き、ってわけじゃない。でも、ほかの男の人と暮らすなんて、無理。

家族が壊れるのが嫌だった。みんなの心がバラバラになってても、それはそれで回ってた。それでもよかった。形だけでもつながっていたかった。

本当は、今でも。

「南雲さんがそう思うなら、それでいいと思う」

白石くんは静かに言った。

「おれも、できるだけ力になるし」

「ありがとう」

震えてきた。

「南雲さん？」

「大丈夫。大丈夫」

ああ、どうしよう。あたし、どうしよう。

ずっと避けてきたのに。

あの、優しそうな男の人の顔が頭をよぎる。

パパのが、全然いけてる。背も高いし、やせてるし。

でも、でも。

きっとあの人は、ママを一人ぼっちにしないいんだろう。そばにいてくれるんだろう。

でもさ、どうして？　あたし、一人ぼっちなんだよ。ママがいなくなったらあたし、毎日一人であの家にいなきゃいけないいんだよ。なのにどうして？　なんで子供なんか作ったの？　あたしじゃダメだったの？

ふと、ママの口癖が頭の中によみがえった。

「欲しいものって、どんなにちゃんとにぎってても、両手にすくいあげたときから指の間からぽろぽろこぼれてなくなっていってしまうの。だから欲張らないで、今手の中にあるものを大切にしなきゃだめよ」

帰ってこないパパの食事を冷蔵庫に入れながら、しおれていく観葉植物を見ながら、あたしを抱きしめながらそう言った。

あれは、幸せになるための呪文だと思っていた。

でも、違ってた。

あれは、ママが自分の気持ちをごまかすための呪文だったんだ。

それに気づいたら、強烈な寂しさに襲われた。

ママにとって、あたしは手の中にある大切なものじゃなかったの？　あたしにとってママは……全部こぼれ落ちても最後まで絶対手放したくないものだったのに！

震えが止まらない。

ねえ、ママ、知ってる？　あたし、ママが出ていったあの日からずっとぐらぐらしてるの。目の前がぐらぐら揺れて、止まらないの。

本当は気づいてる。こんなふうになるのは、ママのことを考えるとき。パパのことを考えるとき。自分が一人ぼっちだ、って思い知らされるとき。

あたしにはママしかいないの。あたしの世界は、ずっとママを中心に回ってたの。今でもわからない。ママのいない世界で、どうやって生きていけばいいのか。

だから待ってた。あの家で、ママが帰ってくるのを待ってたの！

助けて。お願い、助けて。このぐらぐらする世界からあたしを救いだしてよ。……ママ！

そのときだった。

「……南雲さん？」

優しい声。それで気づいた。今、自分が立っている場所に。

壁から手を離し、自分の足で立った。気まずさに押しつぶされそうになりながら顔を上げる。そこには、心配そうにあたしを見る白石くんの顔があった。

「……ごめん」

笑いたかったけど、それが笑顔になってるかどうかはわからなかった。

「あの、変なとこ見せて……」

声がかすれた。白石くんの顔が、苦しそうにゆがんだ。

「変じゃないよ、何も」

怒ったみたいに言った。そして、白石くんが動いた。

何が起こったのかわからなかった。

ほのかな柔軟剤の香りに包まれた。その温かさに、気持ちが溶けていく。

目を閉じて思わず息をついたら、肩の力が抜けた。聞こえてくる心臓の音。それが、心地よかった。

抱きしめられている。

わかったけど、何かを考えることもできなかった。溶けてしまったいろいろなものが流れだしていく。もう、目も開けられない。自分でまっすぐ立てなくなる。

「何も、変じゃないから」

白石くんの声が優しくひびいた。

「悲しいことは、変なことじゃない」

そうか。変じゃないのか。

いつもだったら絶対受け入れられないと思う。なのに今は、この言葉が、すとん、と、胸の中にあいた穴に落ちた。

「隠さないで」

ずっと、こうしてほしかった。こんなふうに優しく声をかけてもらいたかった。いいんだよ、って言われたかった。でもそれは、誰でもいいわけじゃない。

そうじゃなくて。

あたしの気持ちをわかってるみたいに、白石くんは口を開いた。

「悲しいときは、本気で悲しんでいいんだ。泣きたいときは、泣かなきゃだめだ」

さっきのママの泣き顔が浮かんだ。ママがまだ家にいたとき、泣いている姿は一度も見たことがなかった。いつも苦しそうに笑っているだけだった。でも、それがママなんだと思っていた。それがママのふつうの顔だと。

あの、優しそうな男の人を思い浮かべた。あの人は、ママを泣かせてあげられるんだ。あんなに明るい顔で笑わせてあげられるんだ。

でも、今ならわかる。

きっと、こういうことなんだ。

溶けてしまった心の中から、何かがじわりと染みだしてきた。それが熱い塊になって込みあげて、閉じたまぶたの下からあふれでた。

なんであたしじゃなかったんだろう。なんでパパじゃなかったんだろう。なんで……あの人だったんだろう。

「……気が済むまで泣いていいよ」

何も言えなくて、ただ、小さくうなずいた。

これが、ママと別れて初めて流した涙だった。

「一人じゃないから」

白石くんは言った。

「南雲さんは、一人じゃない」

涙がとめどなくこぼれた。

一緒に服を選んだこと。メイクの練習をしたこと。「DOGGY DOG」でホットドッグを食べたこと。ピアノの連弾をしたこと。パパのいない夜に、同じ布団(ふとん)で眠ったこと。

心をふさいでいた何かが全部溶けてしまって、ずっとどこかに隠しつづけてきた思い出までが流れだした。

時々、背中を優しくトントン、としてくれた。そうしたら、もっと涙が出て、もっといろんなことを思い出した。

ママは、同じことを赤ちゃんにしてあげるんだろう。あたしにしてくれたことと、同じことを。あの人と一緒に。……あたしの知らないところで。

隠してきた感情や、後悔。そんなものまで流れでた。

白石くんはただ黙って、あたしが泣き止むまでそうしていてくれた。

4

売り場に戻って、二段重ねのお弁当箱をひとつと、保温ができるお弁当袋を買った。何か話さなければ、と思うのに、言葉が出てこなかった。白石くんも気まずいのかずっと黙ったままだった。

……思い出していた。ママが出ていったあの日。充を呼びだした、あの日のこと。今の白石くんもあのときの充と同じ顔をしていた。

……嫌われた、よね。

駅ビルを出て改札のほうに歩きながら、このあとどこに行こうか、と、ぼんやり思った。

行く当てなんかない。でも、到底このまま家に帰れる気分ではなかった。パパの顔なんか見られない。すぐに白石くんとも別れてしまうのだと思うと、またぐらぐらしはじめた。でも、もうどうでもいいや。

絶望的な気分のまま改札の前で、

「今日は」

ごめんね。

そう言おうとしたら、

「ごめん」

先に言われてしまった。どういうわけか、顔が恐ろしいくらいにひきつっていた。

「……何が？」

白石くんに謝られるようなことは、何かあっただろうか。彼氏のふりをしてもらって、泣かせてくれて、なぐさめてくれて。

「あの、さっき。ハグ……しちゃって。それも、人がいるところで……」

そういえば、そうだった。ふつうなら恥ずかしいと感じるんだろう。でも今は、そんなのも湧きあがってこないほど心が疲れていた。

黙っているのをどうとらえたのか、ためらいがちに口を開いた。

「実は妹が……悲しいときとか苦しいとき、いつも笑うんだ。普段はそんなに表情が豊かじゃないのに」

そこで一度、口をつぐんだ。そして、少しためらうようにあたしを見て、すぐに視線を落とした。

「……南雲さんも笑ってた」

「……え？」

「お母さんに会ったときからずっと笑顔だった。どう見たって楽しい状況じゃないのに。それでつい、おれのほうが苦しくなっちゃって……」

あたし、笑ってたのか。気づいてなかった。それがなんだかショックだった。

「怒ってるのかと思った」

白石くんは、白状するみたいに言った。

「違うの。そうじゃない。……でも、ありがとう」

「おれも……ありがとう」

白石くんも照れたみたいに笑った。なんで？　と思って見あげたら、

「頼ってくれてうれしかった」

言ったあと、まずいことを言った、とでも思ったのか口を閉じた。たしかめるみたいに見てきたので小さくうなずいて返したら、白石くんもほっとしたように笑ってくれた。

日曜日の駅。楽しそうな友達同士や家族連れ。それが別の世界の風景に見える。

「少し歩く？」

言葉もないまま、当てもなく歩いた。しばらくすると児童公園が見えてきた。なんとなく中に入り、ベンチに腰かけた。

遊具では子供が遊び、少し離れたところから親がその様子を見ている。広場のほうではサッカーをしている子たちもいた。そこだけは幸せがあふれているみたいに見えた。あんまりまぶしくて、つい、顔をそむけた。

「どうしたの？」

「なんか、帰るのイヤだな、って。……今日は、パパが家にいるから」

白石くんはためらいがちに聞いてきた。

「そっか」

「ママが家にいたときは、まだよかったんだよね。けどさ、いきなりだったんだ。ある日突然、『離婚して再婚するからついてこい』なんてさ。大体、パパもパパだよ。不倫されて逃げられたのに、ああそうですか、って簡単に離婚届に判を押してしまうとか……」

ママのあの、少し大きくなったようなおなかを思い出す。

「あり得るか」

ため息が止まらない。

「ママはね、ずっとあたしと暮らしたい、って言ってんの。電話も毎日かかってきてさ、留守電とか入れてくるからブロックしたんだ」

「……なんで？　お父さん、苦手なんじゃないの？」

「そうなんだけどさ」

ちょっと笑ってみせる。

「キモくない？　見たこともないおじさんといきなり一緒に暮らすとか、自分の母親が父親でもない男とイチャつくのを見るとか」

「それはたしかに……イヤだよね」

白石くんも苦笑いでうなずいてくれた。

「もうこうなったら、比較の問題でしかないよね。どっちがましか、みたいな。でも実際、パパといても楽しくないんだよな。会話もないし。あっちは顔も合わせたくないみたいで、ご飯も一緒に食べたことないんだ」

「……そうなの？」

「お金渡されるだけ。作ってくれたこともないし。何回か自分で作ろうかな、って思ったんだけどさ、どうしてもできなくて」

「……おれでよかったら、一緒に作るよ」

「ありがと。でもね」

嫌なことを思い出し、また、ため息をついてしまう。

「絶対食べてくれるとは思えない。だってママがいたときだって、夕食の残りが何日も冷蔵庫に放置されてた。最初はママもそれを翌日のお昼に食べてたみたいなんだけどね。そのうちそれもやめちゃって、腐りかけたころに捨てられてんの。心臓えぐられる」

「わかるよ。それ、地味に滅茶苦茶傷つくやつだから」

白石くんは家族の食事を作っているから、ママの気持ちがよくわかるみたいだった。

「パパはそんなことにも気づかないでさ、仕事ばっかりして、出張に行きまくってんの。ママが出ていってしばらくは気を遣って七時ぐらいには帰ってきてたんだけど、今までほとんど顔も合わせてなかったから、話すこととかないじゃん。そしたらなんか、キレてきて、『出張に行ってる間の仕事が溜まってるのに、夜早く帰ってくるから仕事が終わらない』って文句言うから、『別に早く帰ってきてなんて頼んでないけど』って言ったら、また遅く帰ってくるようになってさ。おまけに伝言ボードまで設置して、必要事項はそこで伝えてくるわけ。どんだけ避けてんだよ！　って感じ」

あはは、と笑ってみたけれど、白石くんは黙り込んだままだった。ただ、じっと話を聞いてくれる。

これ以上話したらいけない、って思う。重いんじゃないか、嫌われちゃうんじゃないか、って。でも、白石くんは真剣に聞いてくれる。本気で考えてくれる。そんなのを見ていたら、いいかな、って思ってしまう。口からこぼれてしまう。誰にも話せずにいたこと。苦しかったこと。

白石くんは、ふっ、と、遠い目をした。

「うちもさ、妹がしょっちゅう家出してたよ」

「……さっき話してくれた、妹さん……？」

小さくうなずいた。

「一人で渋谷とか新宿とか行って、警察から連絡あって、迎えに行ったり」

「今は……？」

「どうにか落ち着いたんだけど」

「何か……あったの？」

思い切って聞いてみた。白石くんは口を開きかけ、すぐにまた閉じて考え込んだ。

少しの沈黙のあと、

「どっちにしろ、もう、限界だったんだ」

うわごとみたいに言った。

「家族がバラバラになりかけてたし。父さんは仕事が忙しくなって、姉ちゃんは東京の大学に通って一人暮らしはじめるし、おれは部活に明け暮れてた。妹は美術部、弟はサッカーチーム。一緒に食事することなんかなくなってて、母さんとは連絡事項伝えるのに顔合わせてる、みたいな感じで。こう……限界に向かって全速力で走り抜けてる感じだった。今から思えば」

「部活、何やってたの？」

そこで突然口ごもった。あたしがここにいるのも忘れていたみたいだった。聞いちゃいけなかった気がして、ごまかす言葉を考えていたら、

「……バレーボール」

と、消え入りそうな声でつぶやいた。

言わせちゃって、ごめん。

胸がひりひりする。

どうしよう。何か言わなきゃ。

「じゃあ、スポーツ大会」

とっさに声を張りあげていた。

「……え？」

「何に出るの？　あたし、ドッジボール」

「ミニ駅伝」

「え、足遅いのに!?」

思わず言ってしまった。

「し、知ってた？」

ぎょっとしたように聞いてくる。ヤバい、と思って目を閉じた。

「ごめん。体育の時間、見ちゃった。めちゃくちゃ目立ってたから……」

「あ、で、でも、持久力は、あって」

言い訳するみたいに早口で続けた。

「じゃあ……最後で追い抜く感じ?」

「いや、追い抜きはしない」

どうしよう、フォローにならない!

「けど、ビリではない」

「だったらバレーボールにすればよかったのに」

返事を待った。その、黙り込んだ様子に全身がひりついた。ヤバいと思って白石くんの顔をのぞき込んだら……頬をこわばらせていた。

「……もう、それは」

続く言葉を考えていたみたいだけれど、

「……できない」

消え入るような声で言うだけだった。

何があったんだろう。

気になる。でも、自分から言いださないのにこっちからたずねるわけにもいかない。

白石くんは、サッカーをする子たちをじっと見つめていた。まるで、自分の思い出を見つめるみたいに。

「おれ、地元では結構有名だったんだ。バレーボールの推薦で中学から私立。それが、今では学校も公立に行って、部活もやめた、なんて……」

口に出してしまってからまた、思い直したみたいに口ごもる。

だから、バイトもこっちのほうでしてるのか。それも、働いている人もお客さんも、みんな年齢層の高いところ。誰も、白石くんを知らなそうなところ。

「……どこか行く？　ずっとここにいるのもなんだし」

言ってしまったことを後悔するみたいに、白石くんは立ちあがった。

そうだ。いつまでも落ち込んでたって仕方ない。

「じゃあさ、これ行こう」

だからあたしも無理に明るく笑った。

カバンから取りだしたのは、パパから「使え」、と言われていた水族館のチケットだった。

5

「複雑だ。こいつ、魚屋で切り身になってるとめちゃくちゃ高いのに、こんな今にも手が届きそうなところで、こんな大量に……」

　真顔で言うので、思わず笑ってしまった。

　そんな話をされているとも知らず、あたしたちの目の前でマグロは何かに憑(と)りつかれたみたいに一定方向に回りつづける。

　日曜の午後なのに、それほど混んではいなかった。

　ママがいなくなってから、パパはいろんな券をくれた。水族館とか、牛丼とか、エステとか。今までママにあげていたやつだ。そのときも、あんなふうに目も合わさず、ドヤ顔をしていたんだろうか。……あたしたちがほしかったものは、こんなものではないのに。

「ママがね、この魚、うちのパパみたいだって言ってたの。今なら、その気持ちがわかる。……必死な目でさ、同じ方向にぐるぐるぐるぐる。見えてるのは自分の進む方向だけ。あたしもママもいるのに、そっちのほうには脇目もふらない」

「マグロは、泳ぐのやめたら死ぬんだって」

　白石くんはぽつりとつぶやいた。

「でも、うちのパパは仕事辞めたって死なないよ」

「多分、死ぬって、思ってるんだと思う」

　見えない何かを見つめているみたいだった。

「父さんも、そうだった。働きづめだった。おれもいやだった。いやだけど……なんかそういうの、肌で感じてた。うち、貧乏だったから」

その言い方に何かを感じて、全身に鳥肌が立った。何も言えずにいるのに気づいたのか、

「あ、ごめん」

ぎこちない笑みを見せた。

「こんな話されても困るよな」

「ううん、困らないよ。よかったらもう少し聞きたい」

あたしたちは近くのベンチに腰を下ろした。

「父さん、中卒でさ。なのに子供は四人。それで、大型のトラックドライバーやって、どうにか生活してて。けど、いつも家にいなかった。たまに帰ってくるおじさん、みたいな感じで、おれも姉ちゃんも全然なつかなくて。それで母さんが、自分も働くから、って言って、長距離はやめさせた。それから父さんは前よりかは家にいるようになった。おれはもともと、プラモデルとか、パズルとか、ボードゲームとか、そういうので遊ぶほうが好きだったんだ。でも突然、男なんだからスポーツやらなきゃだめだ、って言いだして。野球、サッカー、水泳、バスケ。いろいろやらされて……その中でもましだったのがバレーボールだったんだ」

「そんなこと言って、推薦で入れるくらいだから、本当はうまいんでしょ？」

「……いや。本当にそんなすごいわけじゃなかったんだ。ただ、父さんが『背が高いのはおまえの強みだ』って言って、無理やり練習させてきた」

口元に小さく笑みを浮かべる。

「トランポリン買ってきて、『ジャンプの練習だ。速く走れないなら、ジャンプで勝て』って。……訳わかんなかった。でも、おれが龍波に入ったら……」

そこまで言って黙り込んでしまった。あたしも言葉を失った。

龍波高校……この辺では知らない人がいないくらい有名な私立で、スポーツの強豪校だ。特にバレーボールでは何人もオリンピック選手を出している。

すごい。

本当に驚いた。ふつうだったら、声を上げて飛び跳ねて大騒ぎすると思う。でも、何も言えなかった。

あんなふうにこわばった白石くんの顔を見てしまったあとでは。

白石くんは言ったことを後悔するように小さく唇を噛んでいたけれど、

「おれはまだ、それでもよかった。でも、姉ちゃんは……」

言いかけて口ごもる。

「ごめん、なんでもないんだ」

傷ついたみたいに笑った。もうそれ以上は、話してはくれなかった。

水族館を出たら、午後五時を回っていた。出口にあったデジタルの時計が、六月十五日を表示していた。

それで、思い出してしまった。

そしたら……気持ちが沈みそうになった。

「もしよかったらさ、うちで食事していく？　ちょっと遠いんだけどさ」

とっさには理解できなかった。何度か瞬きしている間に考えた。考えている間に、じわじわとうれしさが込みあげてくる。

「でも……迷惑じゃない？」

「うちは平気だけど」

「じゃあ」

お邪魔します、と言いかけて、つい、足を止めた。

目も合わせてこないパパのドヤ顔が頭に浮かび、奥歯を噛みしめた。あんなもの、捨てたってかまわない。パパには「使った」って言えばいいんだから。でも。

さすがにそれは……悪いような気がした。

動きを止めたのに白石くんも気づいたみたいだった。

「あ、もし、都合、悪いんだったら……」

「そうじゃなくて……白石くんとご家族の皆さんは、牛丼って、食べる?」

「好きだけど……」

「これ」

パパからもらった十枚つづりの牛丼の券を見せた。

一度、会社帰りにパパが牛丼を買ってきたことがあった。ママは「こんなもの……」と嫌がったけれど、あたしにとってはめずらしかったし、おいしかった。券が送られてきたけれど、ママは一度も使わなかった。

「よかったら使ってくれない?」

「でも、それは悪いよ」

「だけど、有効期限、今日まで……」

あたしたちは、顔を見合わせた。すると、ぷっ、と、白石くんが噴きだした。

「なんかすごいな。そのカバン、いろんなものが出てくる」

「だね」

顔を見合わせて笑う。

このときだけは、少しだけパパに感謝した。

6

「すっげえ！　牛丼パラダイスだ！」

白石くんの弟、中一の祐太くんが目を輝かせた。まだあどけなさが残るその顔は、白石くんと目元がよく似ていた。

白石家のキッチンのカウンターの上には、牛丼が十個並べられている。最寄駅から歩いて十分くらいのところにある古い一軒家。白石くんの家は、かすかに線香の香りがした。

「ありがとうね。こんなにもらっちゃって」

白石くんのお母さんは、細くて小柄な人だった。さっき話を聞いたときはうちのママみたいな人を想像したけれど、全然違っていた。すっぴんの肌はこの時期なのにもう焼けていて、長くて金髪に近い茶色のウェーブがかった髪を後ろで一つに結んでいる。細いのにしっかりとした体で、遠くから見たらサーファーのようだった。Tシャツの袖から出た腕は、皮膚の下から筋肉の形が見えた。

「いいんです。無駄になるところだったから。でも……すみません。急に来てしまって」

「いいのよ！　祐介が初めて連れてきた女の子なんだから。もう、大歓迎」

「母さん、うるさい！」

白石くんは真っ赤になって声を張りあげた。白石くんのお母さんは牛丼の一つを取り、

「お父さんにもお供えさせてね。これ、あの人の大好物だったの」

お供え。

背筋が凍りつくような気がした。思わず白石くんを見る。気まずそうにうつむいた。

どういうこと……？

ちょっと、混乱した。

となりの部屋には、小さな仏壇が置かれていた。その前には、三十代後半ぐらいの明るい笑顔の男性の写真が飾られていた。

嘘（うそ）……だよね？

気づかないふりをしたいのに、心臓が激しく音を立てる。全身が震えているんじゃないかと思うほどに。

ダイニングルームの棚の上には、家族写真と、遺影と同じ顔の男性の写真が飾ってあった。新しい写真に見えた。やっぱりお父さんみたいだった。背が高くて明るい感じのする人だった。無理にスポーツさせられた、と言っていたけれど、なんか、わか

る気がした。お母さんは結構ふっくらしていた。……今からは想像できないほどに。

「ほら！　あんたたち、手、洗ってきなさい！」

戻ってきたお母さんは、祐太くんと、中三の妹、美鈴ちゃんに声をかけた。美鈴ちゃんはすらっと背の高い美人さんで、繊細そうな子だった。

「でもほんと、助かったわ。これから作ったら遅くなるところだったから」

うちのママだったら、子供の友達にこんなことされたら嫌がるだろうな、と、思った。でも、白石くんのお母さんはそういうのは全然気にしないみたいだった。

カウンターに並べた牛丼を手際よく袋から出してテーブルに並べていく。思わずその横顔を見つめてしまう。

「今日は、来てくれてありがとう」

明るい声で我に返った。

「いえ、すみません、急にお邪魔して……」

「ううん。来てくれてうれしいわ」

その優しいまなざしを避けて頭を下げながら、少しだけママを思った。

自分でも不思議だったけれど、もうぐらぐらには襲われなかった。ただ。

最後に見たのが泣き顔だったこと。

それだけが、少し残念な気がした。

洗面所のほうからは、美鈴ちゃんが「せっけんとばした」と怒る声がして、祐太くんが「じゃあ、美鈴が拭けよ」と言い返し、「なんであんたが汚したものをあたしが拭かなきゃいけないのよ」と、怒る声がする。

「二人とも、うるさい！」

キッチンから白石くんが怒鳴る。それで、いったんは口論が収まった。

「手伝おうか？」

何をするかもわからないけれど、一応、そばに行った。

「なんか、ごめん」

傷ついたみたいな顔だった。

「何が？」

「父さんのこと黙ってて……」

「あ……うん……」

「南雲さんに気を遣わせたくなかったんだ」

一瞬、聞くのをやめようかと思った。でも、どうしても我慢できなかった。

「あの、いつごろ……？」

「ああ……」

白石くんは寂しそうに笑った。

「去年」

「病気、とか？」

するると、寂しそうに小さく笑った。

「……交通事故……」

目の前が揺らぐような気がした。まさか、そんなに最近だとは思ってなかった。それも、交通事故だなんて。

あの写真の中のお父さんがすごく若かったこと。それが、唐突さを物語っている気がした。

うちの高校に編入してきたのが去年の冬ごろだったこと。あの、人を寄せつけない空気。家出した美鈴ちゃん。

ごめん。……なんか、ごめん。

その言葉さえ言うのをはばかられる。ひどく後悔した。

白石くんはそんなあたしに気づいたみたいだった。

「でもさ、こんなふうにみんなが同じときに集まっていろいろ話すの、ほんと久しぶりなんだ。南雲さんが来てくれたおかげだよ」

ほどけたように微笑み、冷蔵庫から出したネギを手際よく小口切りにしていった。

白石くんたちは、家の中にぽっかり空いてしまった一人分の隙間をみんなで必死に埋めようとしているみたいだった。あたしはパパとは仲良くやれていない。隙間だらけだ。でも、少しだけ歩み寄る努力はするべきなのかもしれない、と、ぼんやり思った。

「ただいまー！」

ドアが開く音とともに、明るい声がひびきわたった。

「誰？」

「あー……姉ちゃん」

どきっとした。

でも、姉ちゃんは……。

さっき言いかけてやめた言葉の続きが少し気になった。

「兄ちゃんの彼女が来たぞ！」

祐太くんが叫ぶのに、思わず顔を見合わせた。同時に顔が赤くなる。お互い、なんと言っていいかわからずに口ごもる。ものすごく恥ずかしくて、つい、うつむいてしまった。

「……ごめん……」

「ううん……」

そんなあたしたちの気まずさも知らずに、お姉さんは声を弾ませた。

「どこどこ？　会いたい」

「台所にいる」

美鈴ちゃんまで、ぼそっと答えた。

「はじめまして！」

お姉さんは背はふつうだけれど、写真の中のお父さんと目元がよく似ていた。

「いやーん、かわいい！」

あたしを見て表情をゆるめた。

「祐介の彼女さん、かわいいじゃーん」

「そんなんじゃない。ただの友達だから」

少しがっかりした。たしかにそう。あたしたちは、ただの友達……だよね。

特別だと思いかけているのは、あたしだけみたいだった。

「美弥（みや）です。よろしくね」

「あの、あたし、南雲古都っていいます」

「古都ちゃん？　もぉー！　名前までかわいい！」

「姉ちゃん、うるさい！」

美弥さんのことで、何を言いたかったんだろう。

本人を見てしまったあとだから、なおさら想像しづらい。

「ここはあたしがやるから、古都ちゃん、座ってて」

「あ、はい」

どきどきしながらテーブルの椅子に座る。お母さんは外に干していた洗濯物を取り込み、祐太くんは部屋を片づける。美弥さんは買ってきたものをキッチンの棚に片づけ、白石くんが作った味噌汁を美鈴ちゃんがお椀(わん)によそった。

——まあ、いてよかった、って思うことは……たまにあるよ。

そう言っていた白石くんの言葉。

こういうことかもしれないな、と、思う。

「あの……どうぞ」

美鈴ちゃんが、あたしの前にお椀を置いた。

「ありがとう」

恥ずかしそうに小さく頭を下げた。台所に向かう、そのすらっとした背中。

こんなこと思っちゃいけない。わかってるんだけど。

うらやましかった。

7

　白石くんの家族との食事は楽しかった。あたしはみんなのやり取りを聞いてるだけだったけれど、白石くんと祐太くんは牛丼を二つずつ食べて、その間に美弥さんとお母さんが話し、時々祐太くんとか白石くんが返事をした。

　いつも誰かが話していて、静まり返る時間がない。空間が温かく感じる。美鈴ちゃんはおとなしいのに実は姉御肌のようで、「お兄ちゃんが祐太の宿題を手伝うのだけれど、間違えていることが多いからわたしが教えなおす」とか「お兄ちゃんの作るお弁当のほうが、お母さんが作るより美味しい」とか、こっそり教えてくれた。

　片づけを終えて気がついたら、すでに八時半を回っていた。

「じゃああたし、帰ります」

　立ちあがったら、

「私が送っていくわ」

と、白石くんのお母さんも立ちあがった。え？　と思っていると、車のキーを見せた。

「親御さんにもご挨拶しておかないと。牛丼のお礼も言いたいし」

悪いことをしているわけではないのに、後ろめたい気がした。急に不安が襲ってきた。

「あ、いいです。使ってもらわなかったら無駄になるところだったし、白石くんのことは父も知らないし」

「でも、隠すようなことは、何もないでしょう？」

白石くんのお母さんは真顔で返してきた。

「大丈夫。本当に、ご挨拶だけだから。ごちそうになって知らん顔をしているのはやっぱり失礼だし、人様のお嬢様、勝手に家に連れ込んじゃったし」

「でも……」

券のことなんか、思い出さなきゃよかった。いくら寂しいからって、ずうずうしく上がり込んだりするんじゃなかった。後悔で胸がひりひりする。

「友達にせよ、そうじゃないにせよ、後ろめたいことはなにもないんだから」

たしかにそうだ。あたしたちは別に、悪いことをしているわけじゃない。白石くんだってあたしを家族に紹介してくれたんだから。

とにかく不安だった。何が不安なのかわからないことが不安だった。

白石くんのお母さんは慣れた手つきでハンドルをにぎっていた。ママはペーパードライバーで、運転するのも好きじゃなかったし、運転するのさえ見たことがなかったからすごく新鮮に見えた。

「白石くんのお母さん、運転上手だね」

「ああ。母さん、トラックドライバーだから」

「すごい！」

「前は個人でやってたけど、トラック手放したから……」

白石くんが話す言葉を聞きながら、ちらりとバックミラーに視線を向けた。まっすぐ前を見てハンドルをにぎるその厳しいまなざしに、さっきまで見せていた明るい色はなかった。

それに気づいたとき、はっきりと意識してしまった。

金髪なのはおしゃれではない。パサついた毛先は、日焼けでそうなったことを示していたし、Tシャツから伸びた筋肉のついた腕は、スポーツジムで鍛えたものでもない。浅黒く焼けた肌は、日焼けサロンで焼かれたものではないこと。

お母さんはいろいろ道を知っているみたいで、GPSのガイドを無視しつづけて、二十分ぐらいで家に着いた。

目的地に到着しました。目的地は右側です。

という音声ガイドに、白石くんが窓の外を見た。

「……古都の家、でかっ……」

「田舎だからだよ」

白石くんは物怖じしてしまったみたいに何も言わなかった。白石くんの家は東京に近いんだから比べること自体がおかしいよ。……そんな言葉さえも出てこない。

電気がついている。パパが家にいるのだ。

怒るだろうか。何を言われるだろう。それとも無視されるのか。機嫌が悪いかもしれない。きっと目を合わせはしないだろう。

不安でおかしくなりそうだ。胃が痛くなる。「入ってください」と言ったけれど、白石くんのお母さんは、「ここで待たせて」と言って、玄関に入ってこようとはしなかった。

頭の奥がしびれている気がする。キーンという音まで聞こえる。

「ただいま」と言ったけれど、声がかすれてうまく出てこなかった。

パパはよれよれの黒いTシャツにぼろぼろのスウェットパンツを穿き、ビールを飲みながらテレビを見ていた。ソファの前のテーブルには、コンビニの惣菜が食べかけのまま置いてあった。顔を半分だけこっちに向けた。

「帰ったのか」

怒ってるんだろうか。機嫌が悪いのか。……声から感情を探ろうとするけれど、あたしにはわからない。ここからでは表情も見えない。それが不安で足先がムズムズする。

「あの……ちょっと来て」

「どうした？」

「友達のお母さんにここまで送ってもらったんだけど、パパに挨拶したいって」

ここでパパは、あからさまに顔をしかめた。

「そんな急に……」

のろのろと立ちあがった。寝癖がついたままの髪を両手でかきあげ、あたしのあとをついてきた。表面だけでもいい顔をしてほしい。でもきっと、そうしてはくれないんだろう。会社の人の前ではいつもいい顔してるくせに。

震える指で、ドアを開いた。

白石くんのお母さんは堂々と、正面からパパを見た。

「はじめまして。白石祐介の母でございます」

お母さんがていねいに頭を下げ、白石くんも一緒に頭を下げた。

「突然すみません。今日、古都さんに牛丼をいただいたので、そのお礼にうかがいました。どうも、ごちそうさまでした」

パパはあっけにとられたみたいに、白石くんのお母さんと、白石くんを見た。そして、

「友達って……」

「同じクラスの白石くん」

紹介すると、白石くんはぎこちなく頭を下げた。

「男……？」

ぎょっとしたようにあたしを見た。そして神妙な顔で、

「おあがりになりませんか……？」

「いえ、こちらで結構です」

「あの、牛丼って……」

「もらった券。有効期限、今日までのやつ」

あたしが口を出すと、それで思い出したみたいだった。

「ああ、ど、どうぞお気になさらずに……」

パパは白石くんたちのほうを見ず、消え入りそうな声で言った。

8

少しだけ挨拶の延長みたいなものをしたあと、白石くんとお母さんは帰っていった。

テレビの音だけが騒々しくひびきわたっている。

何を言われるのか怖くて、逃げるみたいにリビングルームを出ようとした、そのときだった。

「あの白石という男とは、つきあってるのか？」

また、ぐらっとした。

本当はちゃんと答えるべきなんだと思う。パパは生きている。そのことに感謝して、向き合わなきゃいけないいんだと思う。なのに……不快な塊が胸で渦を巻く。

でも、こんな大切なことを聞くときくらい、目を合わせられないのか。どうして最初にたずねる言葉がそれなのか。白石くんがどんな人なのか聞いてもこないし、自分がどう感じたのかも教えてくれてないのに。隠すようなことなんか何もない。

なのに塊が胸をふさいでいる。言葉がつまって出てこない。

「……関係ないじゃん」

それだけをどうにか絞りだした。

「関係なくはないだろう？」

あのさ……なんでこっち見ないの？「関係なくない」話、してんじゃないの？

ぐら、ぐら。

「俺はおまえの父親だぞ」

きっと何を言っても怒るんだろう。何を言っても喜んではくれない。いいことを言ってくれるはずがない。

返事をするのが怖い。

このまま逃げたい。自分の部屋に駆け込みたい。でも足がすくんで動かない。

「なんでおまえらはそうなんだ！」

パパが声を荒らげた。

「この家のやつらは、どいつもこいつも！」

頭の中で、何かがパチン、とはじけた。

「それはあんたでしょ！」

気がついたら口走っていた。

「親に向かって『あんた』とはなんだ！」

「今まで無視してきたじゃん。あたしたちのことなんか、どうでもよかったでしょ！」

「どうでもよかったわけじゃない。信用していただけだ」

ぐらっ、と、地面が傾いた。

「信用？」

声がひきつった。今まで頭の中に渦巻いていたものが、すうっと沈んでいった。

「ほったらかしで会話もない。それ、信用じゃないよね。だから気づかなかったんでしょ？」

「え？」

「ママが別の人好きになったこと」

パパの顔があからさまにゆがんだ。パパと、その世界が。

「俺は、裏切られたんだ」

ちげーだろ！

たしかに、ママが「好きな人ができた」って言ったときは、あたしは裏切られたと思った。でも、パパがその言葉を使うのは違う。使ってほしくない。捨てられた、と言うなら、いい。でも、裏切るは、違う。

「俺は、おまえたちがいい生活を送れるようにと、必死で働いてるんだ。いやなことも、苦しいことも、おまえたちのことを考えて耐えてる。欲しいものはなんでも買ってやった。家だって建ててやった。なのに、なんで……！」

悲劇の主人公のふりなんかしないでよ！　パパが言ってるのはお金のことだけじゃん！

あたしだって、パパの家が貧乏で、反対を押し切って大学に通ったせいで、親戚と折り合いが悪いのは知ってる。けど、それとあたしたちのことは別の話だ。

ぐらぐら、ぐらぐら。

「今日、ママを見たよ。……再婚相手と、腕組んでた」

「会ってたのか？」

「髪の毛茶色く染めて、短く切ってさ、なんだろうな、量販店で買えるみたいなシャツ着てさ。でも……すごくきれいになってた。顔が明るくなってた。あたし、ママのあんな顔、初めて見た。パパにも見せてあげたかったよ」

意地悪な気持ちがあたしの中で膨らんでいく。

ぐらぐら、ぐらぐら。

「……何が言いたいんだ？」

「幸せそうだった。おなかも、少し大きくなってた」

パパの形相が変わった。ものすごい顔であたしをにらみつけた。

「ここにいたときは、幸せじゃなかった、って言いたいのか？　これだけいい生活させてもらっておいて！」

「幸せだったら、出ていかないんじゃない？」

「おまえまで俺をバカにする気か！」

「バカになんかしてないよ。事実じゃん。パパにとってはお金が一番大切みたいだけど、ママにはそうじゃなかったんだよ。自分は少しも悪くなくて、悪いのは全部、ママだって言いたいの？　出ていく原因作ったの、パパだよね？」

悲しかった。交わしたいのはこんな会話じゃない。けれど、ほかに話題なんか見つからない。あたしたちに共通する話題は、こんなことしかないのだ。ぐらぐらに耐えられなくなって、部屋に戻ろうとしたときだった。

「おまえまでおれをバカにするのか！」

パパが激高した。あたしも、黙っていられなかった。

「あたしたちをバカにしてんのはあんたのほうでしょ！」

口を開けば開くほど、あたしたちの距離は広がっていく。どうやっても、白石くんの家族みたいにはなれない。だめ。世界がゆがんでいく。

「あの男のせいか」

パパは言った。

「あの男が、おまえがそんなふうに思うように仕向けてるのか」

ふん、と鼻で笑う。

「どうせ、親だって大した仕事してないんだろう？　見ればわかる。だから時間があるんだ。時間があるから家族と過ごせる。そういうことだろ？」

ぐわん、と、世界が大きく揺らいだ。それで気づいた。

多分、わかってた。だから白石くんをパパに紹介したくなかったんだ。

テーブルの上の花瓶を取って、パパに殴りかかる自分の姿が頭に浮かんだ。

だめ！　それだけはしちゃだめ！

衝動を抑えるために、奥歯を噛みしめる。ぎゅっと目を閉じる。深呼吸して、ゆっくり目を開く。

こんなはずじゃ、なかった。

「……結婚なんか、しなきゃよかったのに」

言葉がこぼれた。パパの顔がみにくくゆがんだ。

「何？」

「そんなに家族が嫌いなら、家庭なんか持たなきゃよかったのに！」

ぐらぐら、ぐらぐら。

世界が揺れている。ふつうに立ってることさえできない気がした。思わず壁に手をついて目を閉じてもたれかかったとき、パパの声が降ってきた。

「悲劇のヒロイン気取りか。……そこまでして構ってほしいのか」

バカにするみたいな言い方。

「そんなにつらいなら、病院にでも行ってこい」

仮病だと言うのか。こんなふうになる原因が、誰なのかもわかろうとしないで！

悔しくて悲しくて腹立たしくて、全身が震える。

壁から手を離した。

転がるように廊下を走り、階段を駆けあがった。部屋に入ってドアを閉め、鍵をかけた。そのままドアにもたれかかる。

ごめん、白石くん。

固く目をつぶる。

あたしのパパは生きてる。でも……家族にはなれないみたい。

どん、と大きな音がした。パパが何かを投げつけたみたいだった。

怖かった。なんで平気でそんなことできるんだろう。あたしでさえ思いとどまったのに。そんなにあたしのことが嫌いなのか。

ぐらぐら、ぐらぐら。

体が揺れてるのか、もしかしたら地震かも。

本当に、地震だったらいいのに。全部、壊れちゃえばいいのに。

全身から血の気が引いていく。手も足も冷たくなって感覚がなくなっていく。

逃げだしたい。

逃げたって行くところなんかない。わかってる。それでも、ここにいるよりはましな気がした。じゃあ、どこに行く？　どこに逃げる？

ぐらぐら、ぐらぐら。

全身が心臓になったみたいな音。その音に合わせて世界が揺れる。

ぐらぐら、ぐらぐら。

9

翌日。いつものように学校に行ったら……気のせいだろうか。みんなの視線が気になる。なんか、こそこそ噂されてるような。ため息が口をついて出る。あのあと、パパとは顔を合わせていない。そういう気まずさがあるから、違和感を覚えるのだろうか。

「よお」

教室の前で充が入口をふさぐみたいに立っていた。あたしを見る目が、なんだか怖い。

「よお」

その視線を避けて返事をし、中に入ろうとしたら阻止された。

「なに？」

「ちょっと、話したいんだけど」

嫌な予感がする。

「えー？　あとでよくない？」

「よくない」

手首をつかまれた。ごとり、と、不気味に心臓が音を立てた。

「何すんのよ！」

充をにらみつけたら、充はもっと怒った顔であたしを見た。

「いいから来い」

「なんなのよ！」

なんだろう。あたし、何した？

一瞬、白石くんとデートしたのがバレたのか、と思った。でも、充とあたしはつきあっているわけじゃない。あたしのことが好きなはずなんかない。知られて困ることなんか、ない。

引きずられるように昇降口のほうまで行ったとき、ひょろっと背の高い姿が見えた。

背筋がひやりとした。

白石くんだった。

「ちょっと離してよ！」

とっさにふりほどこうとしたけれど、充の力は強かった。

変なふうに誤解されたらどうしよう！

背中を冷や汗が伝った。

見てませんように。こっちを、見てませんように！

目が合ってしまった。

驚いたみたいに足を止め、あたしと、前を歩く充を見た。別に悪いことをしてるわけじゃない。やましいことは何もない。

なのについ、顔をそむけてしまった。ひりつくような胸の痛みに、思わず顔をしかめる。

充は体育館の裏まで行って、ようやく手を離してくれた。外付けの倉庫があって人目につかないところだ。たばこの吸い殻やお菓子の袋などが落ちている。

不安を隠したくて、無理に笑った。

「なんなの？　授業、始まっちゃうじゃん」

「いいだろ、一回ぐらい出なくても」

「あんたはよくても、あたしは困る」

「待てよ」

戻ろうとしたら、行く手をふさがれた。怒ってるのがわかった。

……何がしたいの？

恐怖、みたいなものがまとわりついてくる。

「だから、なんなのよ！」

「おまえ、誰かとつきあってんの？」

びくん、と、体が動いた。

昨日の先輩から聞いたんだろうか。

全身から血の気が引いていくのが自分でもわかる。なのに、両手には汗をにぎっていた。

「……別に、そんなんじゃない」

「誰なんだよ」

「充に言わなきゃいけないこと？」

「なんだよ、それ！」

声を荒らげた。

「おまえ、俺が今までどんな思いで過ごしてきたか知ってんの？」

え？　何を今さら……。

青ざめた頬が震えていた。

「どんな、って」

「好きだとも言われてねえのに、いきなり呼びだされて、抱きつかれてキスされて。だからってつきあうわけでもなくてさ。ずっと避けられてて、やっと最近になって前みたいに戻れるかと思ったら、何？　別の男ができたって!?」

なんで……？　今になって、そんな……。

心臓がドクン、ドクン、と、音を立てる。

あたしの中では、終わったことになってた。だってあれは、拒絶……されたんだよね。

そう思ってたけど……充にとっては、違った？

押しつぶされるような感覚に、思わず顔をそむけた。

「ごめん……」

「ごめん、ってなんだよ。何に対して謝ってんの？」

「じゃあ……充はどうしてほしいの？」

「わっかんねえよ」

今度は両手で髪をかきあげた。

「あのことがあるまでは、好きなのかな、って思ってた。おまえも俺のこと好きかもしんねえな、って。でも、今はわかんねえ。なんでこんなに嫌な気持ちになんのか」

「あたし……嫌われたと思ってた」

「俺はずっと、告られんのかな、って思ってた」

「だって……嫌、だったよね。だから、悪いな、って思って」

「え……？」

「でも急に態度を変えたら陽菜と佳乃を心配させちゃうから、今までどおりにしてくれてるんだと……」

「んなわけねえだろ！」

じっと見つめてきた。

「ほんとなのか？　……男と抱き合ってた、って」

ああ……。

急に突きあげてくる後悔と恥ずかしさ。誰かに見られてたなんて。……いや。そういう可能性だってあった。ただ、それどころじゃなかった。そんなこと考えてる余裕なんかなかったし、ああしてくれなければ今ごろ……どうなってたか自分でもわからない。

「……充が思ってるようなことじゃないよ」

「どういうことだよ」

「つきあってるとか、そういうのじゃない」

「は！」

呆れたように顔をそむけた。

「つきあってもない男と、外でそんなことすんのか？」

「だから、それは慰めようとしてくれただけで……」

「やっぱり、誰でもいいんじゃねえかよ！」

ぐらっ、と、目の前がゆがんだ。風景が色を失っていく。

お願い。そんなふうに言わないで。

「……誰でもいいわけじゃない」

「俺とつきあえよ」

「え……？」

混乱していた。

「でも充はあたしのこと、好きじゃない……」

「だからわかんねえ、って言ってんじゃん。でも、おまえがほかの男とつきあうのは嫌だし、ほかの男と抱き合ってるっていうのも嫌だ」

言葉が出なかった。充はそれをどう思ったのか、強い視線で見つめてきた。

「もう一回、試してみようぜ」

「試す、って、何を……」

多分、あたしの想像していることが、充の試したいこと。

でも、いやだ。そんなことしたくない。

壁に押しつけられる。肩にかけたカバンが地面に落ちた。充が顔を近づけてきた。

心臓が狂ったように音を立てている。

充のことがずっと好きだった。中学のころから、ずっと。一緒にいると、胸が躍ってるみたいにドキドキした。いつも体がふわふわしてる気がした。触れたら弾けて燃えあがる感覚。

充は怒ってるみたいだった。それで、気づいた。気づいてしまった。

多分あのとき。

充も今、あたしが感じているのと同じ恐怖を感じていたのだろう。

ひどい後悔。

「ごめん」

とっさに口走っていた。

「なんで謝るんだよ」

「ごめん」

今でもあのときの冷たいキスの感覚が残っている。嫌がってた。顔をそむけられた。胸の底を氷でなでられたような、闇に吸い込まれるような絶望感。胸を刺してくる孤独。

心の内を見せたとたんに背中を向けられた。充にとってあたしは、特別じゃなかった。

「やめて」

息が頬にかかった。ざらっとした感覚が背中を駆けあがる。

それなのに……それ以上声が出なかった。

思いつめたまなざし。息遣い。

怖かった。どくん、と心臓が高鳴り、それでようやく顔をそむけた。

充は一瞬動きを止めた。

本当はこんなことしたくない。でも、心のどこかでしなければいけないような気もしていた。

なぜなら、最初に無理やりキスをしたのはあたしだから。自分がしたいときに勝手にキスして、充がしたいときにさせないのは、不公平な気がした。

だから、強く抵抗できない。

いや、そんなはずはない。

頭ではわかってる。これが誰か別の人の話なら、絶対に反対する。でも、自分のこととなったらそうできない。罪悪感みたいなものが邪魔をする。

充の体温を感じる。

もう、ダメかも。

目を固くつぶった。吐息が顔にかかった。

さっきの白石くんの顔が脳裏に浮かんだ。ショックを受けたような、傷ついたような。

驚いていた。……悲しそうだった。

「……やめて！」

とっさに両手で充の肩を押していた。充は動きを止めた。思い切って目を開く。

充は、今まで見たこともないくらい青ざめていた。

何か言わなきゃ。

そう思ったときだった。

ざっ。

乱暴な足音がした。

「はい、そこまで」

凜（りん）、とした声。

我に返って顔を上げた。

陽菜だった。後ろには佳乃もいる。

助かった。

そう、思ってしまった。陽菜は呆れたみたいにあたしを見た。

「だから言ったよね。中途半端な気持ちが一番人を傷つける、って」

そして、視線を充に移す。

「あんたさ、一方的に古都のこと責めてるけど、じゃあなんで、告ってやんなかったの？　古都、待ってたのに。好きじゃなきゃ自分からキスなんかするわけないじゃん。なのにずっとあいまいな態度とられてたら、嫌われた、と思うよね」

「俺だって、どうしていいかわかんなかったんだよ」

「そうやって悩む時点で古都のことは好きじゃないんだよ。……気づけ、バカ」

佳乃が苦しそうにつぶやいた。

陽菜は今度、体育館の陰に鋭い視線を向けた。

「あんたも隠れてないで出てきなよ」

嫌な予感に体がこわばった。

体育館の角から姿を現したのは、白石くんだった。顔の半分は前髪とぶ厚い眼鏡で隠れていたけれど……頬がこわばっているのはわかった。

聞かれてた……。

目の前の世界がすべて、壊れていくような気がした。全身から血の気が引いていく。どうしよう。どうしよう……嫌われちゃう。

充はあからさまに顔をしかめた。

「……なんでおまえがこんなところにいるんだよ」

「どうしてここにいるの？」

後ろめたくて、嫌われるのが怖くて、つい、責めるみたいな口調になった。なのに……白石くんは、ぎこちない笑顔を見せた。

「南雲さんが嫌がってるみたいだったから、心配だったんだ。でも、大丈夫みたいだね」

そう言って、肩にかけたカバンの中からお弁当を取りだした。昨日二人で選んだ弁当袋。受け取ると、静かに口を開いた。

「もう南雲さんの弁当作るの、やめてもいいよね」

「……え……？」

それ以上、言葉が出なかった。

「知ってたよ。南雲さんが石館君のこと好きなんだ、って。両想いなんだから、おれがこんなことしたらおかしいよ」

白石くんは笑顔のまま背中を向けた。

「でもあたしは」

「よかったね」

そうじゃない。充じゃない。一緒にいたいのは充じゃなくて。

心の中では叫んでいるのに、口から言葉が出てこない。

でも、多分白石くんはあたしのことは好きじゃない。ただの友達だ。

ああ、だめだ。またぐらぐらしはじめた。揺れているのはあたしなのか、世界なのか。

「引き留めなくていいの？」

陽菜が咎めるみたいに見てきた。

引き留めたい。本当は追いかけたい。でも多分、止まってはくれない。いくらあたしが好きだと言ったって、迷惑なだけ。好きな人に一方的に抱きついたりキスしちゃう女なんか、キモい以外の何者でもない。

これ以上、大切な人から軽蔑されたくない。嫌われたくない。

白石くんは、倉庫の角を曲がっていってしまった。

がくん、と、ひときわ大きく地面が揺れた。それで気づいた。あたしは今、どうしようもなく不安定なところに立っている。こんなところで、どうやって一人で立てばいいんだろう。全身の血液が地面に吸い込まれていくような感覚。今にも倒れそうになるのを、気持ちだけで必死に支える。

どうしよう。あたし……ほんとに、どうしよう……！

「……おまえの弁当作ってたの、あいつだったのかよ」

充がうわ言みたいにつぶやいた。小さくうなずいた。

「……んだよ！」

いらいらと地面を蹴った。

「だったら、こんなことしねえでとっとと告ればいいじゃねえか！」

陽菜が小さなため息をついた。あたしたちを交互に見て、言おうか言うまいか迷ったあと、

「これさ、多分、白石は必死に隠してるんだと思うんだけど……」

ちらっとあたしを見る。あたしも陽菜の言いたいことがわかって視線を落とした。

「去年、お父さん亡くしたんだよね？」

充と佳乃の表情があからさまにこわばった。

「青嵐高校の子に聞いたの。同じ小学校だったらしくて。あの辺では有名人だったみたい」

そう言ってスマホを取りだした。

「見て」

スクリーンにあったのは、ＳＮＳの掲示板だった。

最初に目に飛び込んできた字に、頭をがん、と殴られたような気がした。

――白石、父親、死んだってさ。学校辞めるかも。

不快な感情が大きな塊になって込みあげる。

――マジ？　だとしたらラッキー。

――あいつん家（ち）、すっげービンボーだからさー。親父もさ、必死こいて金稼いでたらしいぜ。もう働くのに疲れて自殺したってさ。いい気味。

――交通事故だって聞いたぞ。車にはねられたって。

――そんなの、自殺だったら保険金出ねーじゃん。だから事故ってことにしてんだよ。やること汚ねーんだよ。これだからビンボー人は。

――でもあいつ、特待生。金、かかってねーだろ。

――ばか、学費タダでもユニフォームとかさー、遠征費とかちょっとは金かかんじゃん。

――うわー悲惨。

――とっととやめてくんねえかな。大体さ、図体でかいってだけで一年でレギュラーとか生意気なんだよ。あいつがいなくなったらせいせいする。

――こうなったらもう、親父様様だな。

「……なんなんだよ、これ……」

充もそれ以上、言葉が出ないみたいだった。佳乃は顔をそむけ、「ざっけんな」と、小さくつぶやいた。

陽菜は続けた。

「龍波でバレーボールやってたのよね」

「龍波……!?」

「嘘でしょ？」

充と佳乃は、ものすごく驚いたみたいにそのまま言葉を失った。

「中学のときからずっと活躍してたみたい。高校に入っても二年、三年を差しおいて一年ですでにレギュラーになってた。期待の新人。この掲示板は龍波のバレー部員の裏アカ」

「ひどい」

佳乃も苦しそうに顔をゆがめた。

足が震えて止まらなかった。重くて黒い塊が突きあげてくる。

放っておいてくれ。おれに話しかけないでくれ。

そんな空気を痛いくらいに感じた。見えない棘に阻まれて、近づくことができなかった。休み時間は人を避けて、ずっと一人。前髪を伸ばして、あんな眼鏡で顔を隠して。コンタクト、つけるのに一時間かかるって言ってた。そんなの嘘だ。あれは、眼鏡で顔を隠しつづけるための嘘。

昨日、顔を見せてくれた。それが、どんなに勇気のいることだったか。

「南雲さんに気を遣わせたくなかったんだ」

ねえ。あたしたち、友達なんじゃないの!?　泣かせてくれたじゃん。一人じゃないって言ってくれたじゃん！　それは、白石くんだって同じなんだよ！

白石くんからもらったお弁当を抱きしめた。地面に落ちたカバンを拾いあげる。嫌われるかも、って思っていた気持ちはどこかに吹き飛んでいた。いや、たとえ嫌われてもキモいと思われても、こうやって誤解したまま距離を置いてしまうのは違う気がする。そんなの……絶対に、いや！

「古都？」

佳乃が声を上げた。

「ごめん、先に戻ってて！」

あたしはそのまま、白石くんのあとを追った。

10

「白石くん！」

昇降口の前で追いついた。白石くんは立ち止まり、笑顔を見せた。それを見たら、頭がぐらっとするほどにイラついた。

「ねえ、なんで笑ってんの？」

「よかったじゃん。石館君とつきあうんだろ？」

言葉に棘を感じる。こんな白石くん、初めてだった。

「……ちょっとあっち、行こう」

カバンを引っ張って、非常階段の裏へ連れていった。

「つきあうなんて言ってない。あの状況見て、どうしてそういう言葉が出てくるの？

あたし、イヤだ、って言ったよね？」

「でも、古都は石館君が好きなんだろ？」

「前はね」

「石館君だって古都が好きだって」

「……好きとは言われてない。『かもしんねぇ』って言われただけ」

そこまで言って、ハッと我に返る。

「今、古都、って言った!?」

沈黙。

そしてその後、白石くんの顔が一瞬で真っ赤になった。

「あ、あああああっ！　ご、ごめん。みんなが言ってるから、つい」

「謝らなくていいよ。これからも名前で呼んで」

ジリリリリリ。

言葉の最後のほうが、一時間目が始まるベルにかき消された。

二人で顔を見合わせる。

カバンをその場に下ろし、壁に体をもたせかけた。

「あたし、振られたんだよ。充は振ったことに気づいてないだけ」

「でもさっき、キスしようとしてて」

「キスしなきゃわかんないなんて、おかしくない？」

「……なんか、慣れてるんだね。おれなんかとは……」

ひきつったみたいな笑みで笑った。思わず強い視線で白石くんを見た。

「そういう言い方、しないで」

すると白石くんも気づいたみたいだった。うつむいて、

「……ごめん」

「慣れてないよ。充が初めてだった。キス、っていうか、ほとんど顔がぶつかった、って感じだったし。すぐにそむけられたし。思い出したくない」

今までずっと、このことに触れることができなかった。黒歴史だった。陽菜や佳乃に言えたのだって、ほんの何日か前。一人でずっと心の中に抱えて、何度も思い返しては落ち込むことしかできなかったのに。白石くんとだったら、言葉が口をついて出る。話すと、大したことじゃないように思えてくる。あんなに悩んでたのがバカみたいにさえ感じる。

返事はない。でも。

「……ねえ、なんでにやついてんの？」

「にやついてなんかないよ！」

と、笑った。

「今、笑ってた」

「笑ってない！」

二人で顔を見合わせる。

「ごめん、笑った」

急に認めるから、今度はあたしのほうが言葉に詰まる。

「なんで笑ったの？」

「言わないよ、そんなの」

白石くんは口元に笑いを残し、顔をそむけた。

「教えてよ」

「いやだ。言わない」

「えー、ひどい」

やっぱり教えてくれそうになかった。

「なんか、ごめんね」

「なんで南雲さんが謝るんだよ」

名前で呼んで、って言ったばかりなのに。

なんか、それさえもがっかり。やっぱり、みんなが「古都」って呼んでたから、それにつられてただけだったんだ。期待して損した。

「お弁当作ってもらうの、迷惑だったね。そりゃそうだよね。わかってたんだ。でも、あんまりおいしくて、うれしくて……」

「迷惑なんかじゃないよ。作りたかったのはおれのほうなんだから」

はあ、とため息をつく。

「ごめん。嫉妬した」

「……え？」

どきん、と、胸が高鳴った。あたしの声で、我に返ったみたいだった。

「え、えええっ!?」

自分でも混乱したみたいに変な声を上げた。

「ご、ごめん。おれ、あの、その……」

「えー、なんで謝んの？」

「でも、迷惑……」

「迷惑じゃないよ」

「え？」

目が合った。吸い寄せられるみたいにお互いを見つめる。

このまま告白してほしいな。

なのに。

白石くんは顔を真っ赤にしてうつむくだけだった。

11

一時間目が終わったところで、二人別々に教室に戻った。

一緒に戻ってもよかったのだけれど、白石くんが、「目立ちたくないんだ」と言ったからだった。白石くんは授業が終わったと同時に戻り、あたしはトイレでリップを塗り直して、休み時間の途中から教室に入ったのだけれど。

「おまえさー、その髪型と眼鏡、どうにかなんねーの？」

聞きなれた声。

充だった。

真ん中の一番後ろ……白石くんの席。みんなが遠巻きに見ている。白石くんが座ったその正面に立ち、両手を机について白石くんに迫っていた。

「やめなよ！　あんたには関係ないでしょ！」

陽菜が充の肩をついたけれど、びくともしなかった。

「っつうか、おかしくね!?　そんな変な髪型と変な眼鏡、イジってください、って言ってるようなもんだよな！」

全身が心臓になったみたいだ。指先から、つま先から熱が消えていく。

充、何言ってんの!?　なんでそんなこと、ここで話してんの!?

頭の中が真っ白になった。

「ほら、顔、見せてみろ」

充は白石くんの前髪をつかんだ。

止めなきゃ。助けなきゃ。

わかっているのに体がこわばって動かない。

「な、何するんだよ！」

「やめなって！」

「小学生みたいなことしてんじゃないわよ！」

佳乃と陽菜が充の腕をつかむ。

「こんな変な眼鏡も外しちまえ！」

反対側の手が動いた。かけていたぶ厚い眼鏡が宙を舞い、床に転がった。

クラス中が息を呑んだ。

そこに現れたのは、切れ長の目。すっとした鼻。形のきれいな唇。

驚くぐらいイケメンな白石くんだったから。

「ちょっとお、なんなのよ、これ！」

陽菜は、本気の本気で驚いていた。

「あんた本物!?　だったらこれ、くるくる詐欺なんだけど！」

普段は冷静な佳乃も声を張りあげた。「くるくる詐欺」というところで我に返った。

顔、隠さなきゃ！

急いで眼鏡を拾ったときだった。

「ああーーーーっ！」

今まで黙って様子を見ていた池田が、いきなり頓狂な声を上げた。

「おおおおお俺、ここ、こいつ知ってる！」

白石くんを指さした。

「そりゃ知ってんだろ。同じクラスなんだから」

宮内が呆れたように返した。けれども池田は驚いたままで、あわ、あわわ、と、変な声を出した。

「去年のインターハイで見た！　おまえ、龍波のバレー部だったろ！　去年、一人だけレギュラーに交じってた一年！」

途端にクラス中が、「えっ」と息を呑み、静まり返った。真っ青な顔をして白石くんが立ちあがった。がたん、と大きな音を立てて椅子が床に倒れ、充も前髪をつかんでいた手を離した。その長い前髪が再び彼の目を隠した。

遠巻きに見ている女子が「見た？」「すごい」「超イケメン」と、こそこそ話をしている。

あたしは眼鏡を持ったまま二人のところに歩いていった。白石くんは体をかがめて机を手でさわっていた。眼鏡を探しているみたいだった。

充をにらみつける。

「あんたに白石くんのファッション、どーこー言う筋合いないから！」

「これ、ファッションなんだ」

「そこ、ツッコむところじゃないし」

小さくにらむと、佳乃は小さく笑って、ふん、と顔をそむけた。

「はい、これ」

白石くんに眼鏡を押しつけた。ほっとしたように表情をゆるめ、下を向き、眼鏡をかけた。そのまま教室を走りでようとした。

「白石くん」

その前に立ちふさがった。真っ青になり、頬をこわばらせていた。その異常なまでの怖がり方に、あのＳＮＳで見たコメントがよみがえる。

こみ上げるものを、ぐっ、と飲み込む。白石くんもそれに気づいたみたいだった。

あたしはずっと泣けなかった。でも今は、白石くんのことを思ったら、涙があふれそうになる。こんなふうに気持ちを表せるようになったのは、白石くんのおかげだ。

大丈夫だから。

そのぶ厚い眼鏡の奥の目を見つめた。

不安に揺れるまなざし。こわばった頬。

人って、怖いよね。

あのときの言葉。そうだよね。あたしもわかる。でも、でもね。ここにいるみんなは大丈夫だよ。もし何かあったら、あたしが白石くんを守る。何があっても守ってみせる。もう悲しい思いはさせないから。もう一回、誰かを信じてもいいかな、って思ってほしいんだ。陽菜が、佳乃があたしにそうしてくれたように。白石くんが、そうしてくれたように。

しばし、見つめ合うみたいな形になった。小さくうなずいてみせた。その思いが通じたのだろうか。白石くんはわずかにうなずき返してくれた。

「すっげえ！　おまえ、龍波行ってたの？」

宮内が声を上げた。

「なんでうちみたいなとこ、来てんだよ！」

「もったいねー！」

事情を知らない子たちが騒ぎ立てる。

「こいつ、ほんとすごかったんだよ！」

池田が興奮を隠しきれないように白石くんを指さした。白石くんは体を震わせた。

「指さすな！」

その手をはらったけれど、池田は気にする気配もない。

「ジャンプが超高くてさ。球もめちゃくちゃ速いんだよ」

「えー。すごい！」

女子たちが声を上げる。白石くんは凍りついたままだ。

「おまえ、来週のスポーツ大会、バレーで出ろ」

池田が声を張りあげた。

「で、でも、おれ、ミニ駅伝……」

「そんなの、誰かに代わってもらえばいいからさ」

「でも」

「ほかのクラスのやつら、バレー部で固めてくる。うちのクラス、バレー部、俺だけなんだよ。勝とうぜ。おまえがいたら、優勝も夢じゃない！」

「いや、でも」

「おーい、誰か代われよ！」

すると、

「おれ、代わってもいいぞ。その代わり、絶対優勝しろよ」

宮内が声を上げた。

背中に冷や汗が伝った。白石くんを置いてけぼりにして、勝手に話が進んでいく。

バレーボールはもうできない、って言ってたのに！

「でも、でもさ。白石くん、駅伝がいいんだよね？　好きなんだよね？」

慌てて声を上げたら、

「でもこいつ、超足おせーぞ」

宮内が真顔で見てきた。

言うな。それ、言うな……。

「でも、でも、ビリじゃないんだよね？　追い抜きも追い抜かれもしないんだよね？」

「それ、ビミョー」

佳乃がにこりともせずに言う。

こら、助けろ、佳乃っ！

「バスケとか、どう!?」

陽菜があたしのフォローに加わった。

「ほら、背、高いし。足遅いんなら、走らせずにかごの前に立たせとけばいいじゃん」

「それ、むしろヒドいし」

さすがの佳乃も、ひきつった笑みを浮かべる。

白石くんは、顔面蒼白（そうはく）だった。

「でもこいつ、ぜってー外すぞ」

バスケ部のやつらが本気で嫌そうに顔をしかめた。

「じゃ、じゃあ、フットサル」

「ダメだよ。蹴ったってかすりもしねーもん」

そうだった……！

いつかの体育の授業を思い出し、がっくりと肩を落とす。

「おまえ、バレー以外はポンコツなのな」

充があきれたように言うと、白石くんはさらに赤くなった。クラス中がどっ、と、声を上げて笑う。

どうしたらここを突破できるのか。

「とにかく、駅伝！　白石くんは駅伝がいいの！　走るの大好きなんだよね！　速いとか遅いとか関係ないんだよね！」

「バカ、遅いのに走っても勝てねーだろ！　そんだけバレー上手いなら、少しぐらいクラスに貢献しろ！」

池田が声を上げた。

「黙れ、池田！　遅い遅い言うな！」

「おまえが先に言ったんだろ！」

「あたしじゃない！　最初に言ったのは宮内！」

「おまえだって言ってたろ！」

「あんたが余計なこと言うからでしょ！」

思わずその口を両手でふさいだ。

「ほがほがほが……」

文句を言っているけれど、言葉はわからない。

もう、限界。

そう思ったときだった。白石くんが口を開いた。

「わ……」

全員の視線が白石くんに集まった。白石くんが困ったような、ひきつったような笑みを浮かべてあたしたちを見た。

「わかった、から……」

消え入りそうな声で言うと、「わあっ」と、クラス中が歓声に包まれた。

「やりぃ！」

池田があたしの手から逃れた。思わず白石くんを見る。

いいの？

目を見開いてみせる。白石くんは少しだけ、ほんの少しだけうなずいた。

クラスの中は今までにないくらいに熱狂の渦に包まれた。

12

生ぬるい風が頬をなでる非常階段。

白石くんとあたしはいつもの階段に腰かけて二人でお弁当を食べていた。

「あんたは白石が傷ついてないか確認してきて」

お昼になったとたん、陽菜があたしを追いだした。

「充のバカはこっちで確保する」

「ほんと、あいつデリカシーなさすぎ。これで白石が転校、とか登校拒否、とかなったらめちゃくちゃ責任感じる」

佳乃も充にはご立腹のようだった。

あたしは白石くんの表情を見ながら口を開いた。

「なんか、ごめんね」

「……何が？」

「バレー、やることになっちゃって」

「いいよ。自分で決めたことだから」

「絶対、白石くんを守る！　って思ったのになあ！」

「……ありがとう。その気持ちはちゃんと伝わってきたよ。だから、決めることができたんだ」

動きを止め、照れたみたいに小さくうなずいた。あたしもうれしくてうなずき返した。

昨日一緒に選んだお弁当箱に入っているのは、唐揚げと卵焼きと、多めに入ったピリ辛のこんにゃく。それに、チェリートマトとブロッコリー。真っ白なご飯の下には、おかかとのりが隠れている。

二人でおそろいのお弁当を食べていると、なんか、つきあいはじめの二人みたいだ。

……今までこんなの、思ったことなかったのに。

「あの……。明日も、学校来れそう?」

表情をうかがった。すると驚いたみたいに箸を止め、

「あ、うん。……なんで?」

「いや、これのせいで白石くんが学校来れなくなったら寂しいな、って思って。……いや、あの、それは陽菜も佳乃もそう思ってて。で、池田もすごく楽しみにしてるはずだから」

白石くんは箸を止めたまま、ぼんやりと一点を見つめていた。

「……白石くん?」

「あ、ごめん」

ふう、と息をついて、ご飯をつついた。

「なんか……みんな、いい人たちだね」

「ま、そうだね」

「実はさ、龍波……結構キツくて」

寂しそうに笑った。

「実力がないと見なされたら退学か、学費を自費で払わなきゃいけなかったんだ。学費は免除されてたけど、それはおれだけじゃないし、みんなうまいし人数も多いから、

レギュラー取るのに必死で。練習もすごく大変だったし、コーチも厳しかったし。チームワーク、っていうよりもみんなライバルでギスギスしてて、休みなんか一年間に一週間あるかないかで、授業以外は朝練と午後練、自主練までしてたんだ」

「中学からずっと？」

小さくうなずいた。

「おれが龍波に入って一番喜んでたのは父さんだったし、けっこう無理して行かせてもらってたから、もう龍波でバレーやるのが義務みたいになってて。最初は父さんから無理やりやらされたけど、嫌いではなかったんだ。でも、龍波にいるときは全然楽しくなくて、ずっとピリピリしてた」

あのＳＮＳの文面を思い出して胸が痛んだ。

「石館君も、いい人だね」

「怒ってないの？」

「おれを仲間に入れようとしてくれてるのかな、って思った」

「鋭いね」

するとと小さく笑った。

「ずっとギスギスした環境にいただろ？　だからわかるんだ。向かい合ったとき、会話するとき。それはバレーをしてるときでも感じる。……石館君がモテる理由、わかるよ」

胸に切なさが込みあげる。

「だね。充のそういうところ、すごく好きだった。あいつ、人を見下したりとか絶対しないの。基本、すごく優しいし」

言ってから、ちょっと胸が痛んだ。ときめきのかけら、みたいなものが心の中をよぎったから。白石くんも何を思っているのか、黙って箸を動かすだけだ。

「ねえ、この唐揚げ、すっごくおいしい」

「ほんと？　よかった」

「唐揚げ大好き！」

「お稲荷さんのときも言ってたよね」

その笑顔にホッとする。クラスの中でもこんなふうに笑えればいいのに。

「白石くんの作るお弁当は全部おいしいよ」

「別に、ふつうなんだけどな」

照れているその表情さえもうれしそうだ。

食べ終わったら、

「やっぱり、明日も南雲さんの弁当、作ってもいい？」

ためらいがちに聞いてくれた。

「……いいの？」

「作りたいんだ」

「ありがとう」

お弁当箱を持って立ちあがったら、

「おれが洗うからいいよ。替え、ないし」

お弁当箱を手に取った。だからあたしも、

「じゃあもう一つ買おうかな」

昨日のことを思い出して胸が痛んだ。ママと、あのおじさん。あの店に行ったら、また出くわすかもしれない。怖かった。考えるだけで息が止まりそう。吐きそうなくらいにイヤだ。それでも、やっぱり言いたかった。

「また今度、買いに行くのつきあって」

白石くんは小さく笑ってうなずいた。

第3章　手作りパン粉のコロッケ

1

「ええーーーーーっ!?」

　佳乃が頓狂な声を上げた。

　クラスの視線があたしたちに集中する……とはいっても、期末試験も終わったこの時期、昼休みは男子のほぼ全員と、バスケとかバレーとか花形競技に参加する女子がスポーツ大会の練習に駆りだされるので、教室の中の人影はまばらだ。

　佳乃は慌てて自分の口を両手でふさぎ、頭を寄せてきた。

「何、まだ告っても告られてもないの!?」

小声で、でも、驚きと呆れはまったく隠さない。

あたしたちの間に気まずい空気が横たわった。

「ないよ、そんなの」

みんなであたしの弁当を見る。今日はエビフライがメインで、卵焼きに、ブロッコリーに人参のサラダ。

「毎日弁当食べさせてもらってるだけ？」

陽菜が微妙に口をゆがめて笑った。

「まあ、そういうことかな」

「なんか、イライラするわ」

佳乃はその長い髪をかきあげた。

「言うな。それを言うな」

はあ、と、ため息をついたときだった。

「見て、白石君」

「体育館に行ってる」

お弁当を食べ終えたほかのグループの女子が窓際に駆け寄った。

白石くんはあのくるくる眼鏡を外し、コンタクトをするようになった。前髪はまだ長いままだけど、すっかりイケメンでバレーのうまい白石くん、という人に変身してしまっていた。

「どこでお昼食べてたんだろ」

「行ってみようよ」

今まで無視してたくせに、とか、態度変わりすぎ、とか心の中でいろいろ文句を言いつつそっちを見たら、女子の一人と目が合った。

「古都も行く？」

「……え？」

「白石くんの練習」

「あー、やめとく」

「そうなの？　じゃあね」

彼女が行ってしまうと、陽菜が皮肉な感じに笑って肉団子をつついた。

「何、行かないの？」

「行かないよ。まあね、ヒマさえあれば練習に駆りだされるからさ、眼鏡をやめてコンタクトにしたのは、仕方ないとする。けどさ、女子にもらったゴムで前髪しばってさ、きゃあきゃあ言われてさ、ちょっと笑ったりしてんの見たら、なんか、モヤモヤするっていうか」

「いいじゃん。あんたはお手製のお弁当、作ってもらってるんだし」

「でもそれ、多分、同情とか、哀れみとかだと思うんだよね。毎日、購買のパン食ってておかわいそ、とか。おれの弁当おいしいって言ってるから、今さらやめられないしな、とか」

自分の言葉で薄々感じていたことに気づいてしまい、さらに落ち込んだ。あんなに大騒ぎになって、充からの告白を断ったって知ってるのにいまだに告られてない、という事実がある以上、二人も「そんなことないよ」とは言えないみたいだった。

「ゴムはすぐに返したんでしょ？　次の日から自分で持ってきた、って」

陽菜がとりなすように言ってくる。

「そうだけどさ」

気まずくなって黙り込む。

白石くんも最近は、池田たちとよく話をするようになりはじめた。池田がバレー部に白石くんを勧誘してるのも知ってる。スポーツ大会が終われば、今度はあたしたちと一緒にお昼を食べるようになるんだろう。ただの友達として。

また今度、買いに行くのつきあって。

今はそれだけが、かすかな希望。

でも、白石くんが変身してしまってからというもの、ほとんど話ができていない。昼休みにお弁当を受け取りに行く。白石くんはせわしなくお弁当をかき込んでいて、食べ終わったら体育館に直行。女子に水とかなんとか差し入れしてもらって、「ありがとう」なんて、微笑み交わし合ったりして。

あの約束も、もう果たされずに終わってしまうかもしれない。

「白石くん、同情でお弁当作ってくれてる説」があたしの中で濃厚になっていく。

「どうしたの？」

陽菜が顔をのぞき込んできた。

「いつまでもこうやって甘えてお弁当作ってもらいつづけるのはやめないといけないのかな、って思いはじめた」

思わず口にすると、佳乃が小さく肩をすくめた。

「あっちが作ってくれる、って言うんだからいいんじゃないの？」

「ほんとにバレー部に入っちゃうかもしれないじゃん。そしたらきっと忙しくなるし」

それはすごくいいことだ。いいことなのに……素直に喜べない。

「そのうちに、白石くんのことが好きな子が現れて、告って、つきあって、とか、そういうことにもなるかもしれない。その子のためにお弁当、作りたくなるかもしれないしさ」

「じゃああんたから告ればいいじゃん」

陽菜が呆れたように言った。

「なんか最近、自信なくなってきた。チャンスは何度もあったけど、告ってくれなかったもん」

「あっちにとっては、あたしはただの友達なんじゃないかな。

二人は困ったように顔を見合わせるだけだ。

つきあいたい。でも……うまく行く気がしない。もしここで告って振られたら。

考えるだけで怖かった。

ああ、暑い。この暑さはどうにかならないのか。

水筒の水をがぶ飲みした。

2

——父ちゃん、まだ出張から帰ってこねえの？

どういうわけか最近、充が頻繁にＬＩＮＥをくれるようになった。

——ちゃんと、食ってるか？

——ヒマなら、いつでもつきあうぞ。

前はこんなことされたら、飛びあがっちゃうほどうれしかった。なのに今は……どうしてこれが白石くんじゃないんだろうと思ってしまう。

「じゃあ、あんたから告ればいいじゃん」

陽菜は言った。ほんとにそうだ。今までだったら自分でもそう思ってたし、そうしてたと思う。

でも、もし振られたら。

一人でこの地面に立ちつづけることができない気がした。

実際、あのことがあってからパパとは一切口をきいてないし、あっちも避けるみたいに出張に行ってしまった。伝言ボードには「七月十日」と書いてあるけれど、その日に帰ってくるかどうかも怪しい。

学校が終わるとすぐにバイトに行った。九時まで働いて、家に帰る。真っ暗な家に電気をつけるとき、いつもさみしさに絡めとられる。お風呂に入って宿題をする。寝る前にSNSをチェックする。

あたし以外の全員が楽しそうに見える。重たいものがどんどん体にたまっていって、息苦しい。ほとんど義務みたいに、内容も見ずにハートマークを押す。

こんなとき、あたしはこの世界にいてはいけないような気がする。誰にも必要とされない。誰からも愛されない。存在する価値はない。

特につらいのは週末だ。バイトは午後からだ。食事をしないといけない。のろのろと起きだして、近くのコンビニに行った。

暑くなってきたから、冷やし中華やざるそばなんかが売りだされている。食べられるかな、と思って手に取ってみる。

白石くん、冷やし中華とか作れるのかな。

そんなことを思ってしまった。

白石くんの少しだけ甘い卵焼きは、きっと酸っぱいタレに合うんだろう。でもあたしは、あんまり酸っぱいのは好きじゃない。そう言ったらきっと、少し酸味を抑えたタレを作ってくれる。

そこまで考えて、我に返った。

あたし、彼女じゃないし。白石くん忙しいし。

だからといって自分のために何か作ろうという気も起こらなかった。冷やし中華を戻して、ほかのお弁当を見る。どれも白石くんが作ってくれたお弁当よりおいしそうには見えなかった。冷めてるのに、全部味がしっかりついている。優しい味。

唐揚げの入ったおにぎりに気がついた。手に取ろうとして、やめた。

絶対、白石くんが作った唐揚げのほうがおいしいはずだから。白石くんが作ったものは全部おいしい。あんなおいしいの、一度食べたらほかのなんか食べられない。

白石くんの作ったご飯しか、食べたくない。

本当は、すごく会いたい。声が聞きたい。でも。

誰でもよかったんじゃないか？

充に言われた言葉が、一歩踏みだす力を奪い取る。

白石くんを好きだと思うのは、ほかに誰もいないから？　白石くん以外に優しくしてくれそうな人がいないから？

そうじゃないと思う。なのに、そうだと言い切れない自分もいる。

頭が痛い。ふらふらと通った通路の棚に、ママが愛用していた風邪薬を見つけた。

これ……よく眠れるんだよね。

思わず手に取っていた。結局それだけを買って店を出た。なんでだろう。これが手元にある、というだけでほっとする。

パパ、いつ帰ってくるんだっけ。ほんとに仕事なのかな。

急に、思ったこともないような不安が込みあげてくる。

もし女の人とか作ってたら……だから家を空けてるのだとしたら……。

ずっと曇り空だったのに、今日に限って梅雨の合間の太陽が照りつける。太陽にまで嫌われているのか。そう思ったら急にぐらぐらが襲ってきた。

風邪薬のビンを袋から取りだして、両手でにぎった。

そしたら少しだけ気持ちが落ち着く気がした。

これは、お守りだ。ママが恋しいわけじゃない。別に、飲もうと思ってるわけじゃない。持ってるだけ。ただ、それだけだから。

地面を踏みしめる。

まだ、大丈夫だよね？

3

スポーツ大会は水曜日だった。空は雲でおおわれていた。予報では雨は降らない、ということだったけれど、息をするのも苦しいほど蒸し暑かった。

昨日の夜、白石くんから電話があった。

「ごめん、南雲さん。明日は弁当作れない。朝練、するんだって」

ただの伝達事項だけど、すごくうれしかった。

「あ、いいよ。じゃあ明日は、あたしが買う。いつもの非常階段でいい？」

「あ、でも明日は……」

少し口ごもった。

「もし、学年優勝したら、午後は学年対抗だから、みんなで体育館で一緒に食事して、そのあと練習するって。だから朝、コンビニで……」

その、ためらうような言い方でわかった。気持ちがすうっと落ち込んでいった。

「……わかった。みんながいるところにあたしがお昼ご飯持っていったら、いろいろ誤解されちゃうもんね」

「あ、うん……でも、明後日は弁当持っていくから」

やっぱり、お弁当作ってもらうのもやめなきゃいけないかもしれないな。

「わかった。じゃあ明日は、うん。がんばってね」

「あの」

電話を切ろうとしたら、

「南雲さん、明日、おれの試合見てくれる?」

「見るよ、もちろん」

電話を切った。

だって友達だもん。……見てほしいよね。

急に突き放された気がして泣きたくなった。でもやっぱり、涙は出なかった。

学校に行ったら、全校がすごい盛りあがりになっていた。特に、白石くんが本当はイケメンだったというだけでなく、龍波高校のエースだったこと、一年のときからすでにレギュラーだったこと、地元の新聞にも出たことがあること、そんなことが学校中に知れ渡り、目立つ存在へと変わっていた。

あたしたちは三人ともドッジボールで、あっという間に負けた。佳乃は、

「あんなのに当たったら爪が割れちゃう！」

と、当たってもないのに外に出た。陽菜も、絶対に取れそうなへなちょこのボールにわざわざ当たりに行き、

「いたあーい」

と、声を上げてみせた。

あたしはぼんやり立っていて、当たり前のように当てられて外に出た。

これで義務は果たしたので、教室に戻って制服に着替える。あたしたちと同じように、別の競技であっさり負けた子たちが教室に駆け込んでくる。

「白石くん、すごいんだって！」

ものすごい速さで着替えながら、声を上げた。

「二組との試合、十分ぐらいで終わっちゃったらしいよ」

「そうなの？」

「次は五組との試合だって」

「急ごう」

すでに、全学年の女子が白石くんのファンになってしまったような盛りあがり方だった。

「じゃあ、うちらも行く？」

陽菜が手鏡でマスカラの付き具合をチェックした。

「うーん、どうしようかな」

「えー、行こうよ」

佳乃も髪をかきあげた。

「妬いてるな」

「いいじゃん、今日もお弁当、受け取りに行くんでしょ？」

「今日は別で、って言われた。朝練だったんだって。あたしが買う、って言ったんだけどさ、池田たちと体育館のところで食べるから、って断られた」

二人は微妙な感じで黙り込んだ。

「つきあってるわけでもないのに、お昼ご飯持ってくるの見られてもイヤだろうしね」

「イヤ、ってわけじゃないと思うけど」

「冷やかされるのが嫌なんじゃん？」

「本気で、甘えてるわけにいかない、って感じ」

それでも見ると言った手前、行かないわけにもいかないか、と体育館へと向かった。

体育館は中が蒸し風呂のようになっていた。ドアを全開にしているのに、空気がよどんで感じる。バレーコートの周りは人だかりになっていて、到底、近くで見ることはできなかった。

大きく息を吸い込んだときだ。

「白石先輩、どんな球でも拾っちゃうんだけど」

「かっこいいよね」

近くで一年の女子が興奮気味に話しているのが聞こえた。全員が白石くんの活躍を心待ちにしているみたいだった。

空気が入ってこない気がして、もう一度深呼吸した。ここは、人が多すぎる。いつもなら対戦しているチームのクラスしか応援に来ないのに、今年は白石くんの噂を聞いた全学年が押し寄せてる感じがする。

何度も深呼吸した。

外に出たい。でも、試合は続いている。ここからでは人の頭しか見えない。一番背が高いのが白石くんだとわかる。

白石くんが飛んだ。ボールが床にたたきつけられる音。笛の音。

これでうちのクラスの学年優勝が決まった。

わあっと声が上がり、クラスの子たちが池田と白石くんを取り囲む。女子たちから水やらスポーツドリンクやらを手渡され、恥ずかしそうに笑っている。

ああいうの見ると、ほんと、自信なくす。

少し早いけどお昼の時間だ。

「じゃああたし、購買でお昼買ってから行く」

「教室で待ってるよ」

「先に食べてていいから」

二人を残して一人で購買に行きかけたとき、早々とサンドイッチやハンバーガーを持った女子生徒とすれ違った。

「白石先輩、食べてくれるかなぁ」

「ほかの子からももらってるかも」

「体育館のところで食べるんだって」

「行こう」

声を弾ませ、ぱたぱたと足音をひびかせて体育館のほうへと行ってしまった。

もやっと込みあげる感情を押し殺し、購買へ向かった。

ものすごい人に、買う気も失せる。

こんなんじゃ、あたしが買うころには何も残ってないはず。かといって何も食べなかったら、陽菜たちが心配するしなぁ。

すべてに負けた気がして呆然と立ち尽くしていると、

「ほら」

目の前にサンドイッチが差しだされた。あたしの好きな卵サンドとフルーツの乳酸飲料。

顔を向ける。

体操服姿の充だった。

「ちょっといいか？」

「でも陽菜たちが……」

「ちょっと古都借りる、ってＬＩＮＥした」

ちゃんと話し合わなきゃいけないみたいだ。

充に連れていかれたのは非常階段だった。

「おまえんとこ、バレーは学年優勝だってな」

「みたいだね。そっちは」

「フットサルはうちのクラスが学年優勝したんだぞ。あとは学年対抗のみ」

「おめでとう。がんばれ」

「白石の試合、見たか？」

「一応行ったけど、見れなかった」

「で、白石とつきあうのか？」

充は自分のハンバーガーをほおばった。あたしもサンドイッチの封を開けた。

まとわりつく空気は蒸し暑く、全然食べる気がしない。それでも無理に一口かじった。飲み込めないので、フルーツの乳酸飲料で無理やり流し込む。

「わかんない」

「何あいつ、告ってねえの？」

「なんか、そういうのじゃないみたい。白石くんにとってはあたしはただの友達なんじゃないかな」

「……おまえはどうなの？」

「好きだけどさ、まあ、あたしの気持ちだけじゃどうにもなんないしね。ダメってわかってて振られたら気まずくなりそうだし」

「でもあいつ、最近クラスともなじんでるしさ。池田の押しに負けてバレー部とか入ったら、学校楽しくなって、気まずさも紛れるんじゃね？」

「それ、寂しいなあ」

苦しくなって息をついた。

「ふうん」

充はしばらく黙ってハンバーガーにかぶりついていたけれど、

「あっ」

「やだあ！」

手にべっとり黄身をつけていた。

それで、思い出してしまった。

白石くんは口の周りに黄身をいっぱいつけていた。アニメに出てくるアヒルのキャラクターみたいだった。

写真、撮っとけばよかったな。

「あぶねー。もう少しで汚すところだった」

慌てて充に意識を戻す。

「黄身つけたまま優勝争いってのもね」

「結構ハズいな」

あたしはポケットからティッシュを出して、充に差しだした。

「なんか、ごめんな」

充はティッシュを受け取り、のろのろと指についた黄身を拭いた。

「なんで充が謝るの？」

「傷つけるつもりじゃなかった」

「最初に充を傷つけたのは、あたしのほうだよ」

「別に、傷ついたわけじゃない。キスされたこと自体は、驚いた。本当はうれしかったんだ。ただ……」

ため息でにごした。

「怖かった。おまえの抱えてるものが、俺には大きすぎて……」

「……そっか」

簡単に「重い」とか「ウザい」で済まさないでいてくれる充の優しさに、やっぱり胸がじんとする。

「逃げだしたんだ。俺の家は共働きで忙しいけど……なんていうか、そういう問題って一度もなくて、だからおまえの気持ちとかどうしても想像できなくて。どんなに慰めても、うわべだけだよな、って思っちゃって……。だからずっと、迷ってた。古都のことを好きな気持ちと、でも、そんな大きなもの抱えらんねえよな、っていう気持ち。なのにさ、おまえはもう俺のことなんか忘れてほかの誰かのこと好きになってて。……わかってる。俺が妬く筋合いじゃないんだ。わかってるんだけど、古都が好きなのも、事実で」

「ごめんね」

「なんで謝るんだよ」

「多分、充の思うのがふつうだよ。あたしだって、自分がこうなる前はそんなの想像さえできなかった。パパから関心を持たれてないのは知ってたけど、ママがいればいいや、って考えないふりしてた。ママがいなくなって初めていろんなことが見えてきた。好きな人にそんなの背負わせようとするなんて、あたしのほうが自分勝手だっただけ」

もう、こうやってあいまいにしておくこともできないんだろう。

思い切って口を開いた。

「あたし、充のことが好きだった。こんなふうになっちゃったけど、ずっとずっと、充だけが大好きだったんだ」

「……俺も。古都が好きだった」

最後に二人で笑顔を交わした。

「じゃ、俺、行くわ」

「がんばれ」

あたしも教室に向かった。ますます食欲をなくしてしまい、一口かじっただけのサンドイッチと飲みかけのジュースを一緒に廊下のごみ箱に捨てた。

4

優勝決定戦は、一年と戦って勝った三年生が相手だった。バレー部のキャプテンや副キャプテン、エース級の人たちがそろったクラスで、一年との試合もあっという間に終わったらしい。気合いの入り方が半端ではなかった。白石くんを見ると、何か作戦を確認するみたいにお互いに視線を交わしていた。

「ちょっとごめんね。うちのクラスなんだ」

そう言って一年の女子に譲ってもらって、前のほうに行かせてもらった。最初はむっとしていたけれど、譲った相手が陽菜と佳乃だとわかると、「どうぞどうぞ」となり、「ありがとう」と微笑まれたら、「大丈夫です！」と、目を輝かせた。

美少女パワー、おそるべし、だ。

試合が始まった。

ポジションについたとき、白石くんがコートの外を見た。

「行けー！　白石！」

「白石くん、がんばれ！」

クラスの子からの声援が飛ぶ。こっちを向いた。小さく手を振ると、動きを止めた。

あたしを見て、小さくうなずいた。あたしもうなずき返した。

白石くんは三年生が目配せしているのを見ても表情を変えず、きれいなフォームでサーブを打った。流れるような動きだ。

あんな生き生きした表情の白石くんを初めて見た。まるで別人だ。

ジャンプ力には自信がある、と言っていたとおり、ものすごく高く飛んで相手側のがら空きになったところに強い球を打ち込む。相手が打った瞬間、どこに球が来るのか予想し、素早くレシーブする。

「谷君！」

名指しし、その人がちょうど受けやすいところに受けやすそうな球を返す。それを聞いた池田が動き、相手コートに打ち込む。もしくは池田がレシーブし、ほかの人につなぎ、それを白石くんがアタックする。

得点するたび全員でハイファイブをし、女の子たちは声援を上げた。

たった数日、昼休みの三十分足らずの練習で、白石くんか池田のどちらかがレシーブかアタックに回り、ほかの男子にトスを上げさせる、という流れを作りあげたみたいだった。特に白石くんはほかのメンバーのトスのクセもわかっているみたいで、どんなところに飛んでも追いつき、確実に得点した。

パターンに気づいたのか、先輩が二人の届かなそうなところ、ラインぎりぎりに

サーブを打ち込んできても、

「山本(やまもと)君、開けて！」

名指しするとその人はすぐに場所を開ける。それも練習済みだったのか、開けてくれた場所に走り込んで、必ずレシーブする。ほぼ同時に、トス役の人に、

「町田(まちだ)君、頼む！」

と、声をかける。うまく行くときも行かないときもあったけれど、白石くんと池田だけは役割をほぼ完璧にこなしているのがわかった。

歓声が上がる。足は速くないかもしれないけれど、相手のフォームから球筋を読む正確さと瞬発力がすごかった。

さらに蒸し暑さが増し、白石くん見たさに、試合を終えた人たちが次々体育館に入ってくる。苦しくなって、何度も深呼吸した。

「すごいじゃん、白石」

「これは、惚れるわ」

陽菜と佳乃が興奮したように声を上げる。白石くんは、時々あたしのほうを見る。目が合うと緊張したまなざしでまたコートに向かい合う。

ローテーションで動くたび、目が合った。

あたしのこと好きだったらいいのにな。

そんなことを思いながらため息をつく。

いや、それ、フツーに考えたらあり得ないし。

どのポジションに行っても、白石くんには、ほぼミスがない。三年生にも焦りが見えはじめ、些細（ささい）なミスが増えはじめた。

審判役の一年生がちらっと時計を見る。

池田がトスを上げた。

「白石！」

数歩走って大きく地面を蹴った。高く飛びあがる。体がエビぞりになり、速い動きでその長い腕がボールをとらえた。一瞬の出来事だった。何が起こったかわからないみたいだった。ボールが、大きな音を立てて床に打ちつけられた。そこにいた選手たちは凍りついたみたいにただ、ボールの行方を目で追っていた。

そこにいた全員が息を呑んだ。ホイッスルが鳴る。しばしの沈黙のあと、体育館全体が「わあっ」という歓声に包まれた。建物全体が小刻みに震える。

うちのクラスが、全校優勝を果たしたのだった。

勝つだろう、と、わかっていたのに、それでも緊張していたみたいで、安心したら少しめまいがした。

何か話したいけど、女子たちが話しかけようと待ち構えている。

挨拶が終わったときだった。

「おい、白石」

三年生たちが白石くんに駆け寄り、何やら熱心に話しはじめた。試合中とは打って変わって控えめで、背中を丸めて少しうつむきがちに話す。三年生が白石くんの肩をたたき、自分のチームに戻る。

「もしかしてバレー部に入ってくれ、ってーーーーーね……」

「三年に言われちゃ、イヤだ、って言えなーーーーーーなあああ」

陽菜と佳乃の声がぼわん、ぼわん、とエコーがかかって聞こえる。

人が動くので少しは蒸し暑さが減ってるはずなのに、まだ息苦しい気がして大きく深呼吸する。

「行こうか」

背中を向けた。何か話したいけど、きゃあきゃあ騒ぐ女子を押しのけて話しかける気にもなれない。

「あれ？　古都……ぼわん、わん、わん？」

「ちょっとくらい何か……ぼえん、えん、えん、えん」

二人の言葉が聞き取れない。あれ、なんか、頭がぐらぐらしてる。みんなの顔がかすんでいく。

「……古都!?」

陽菜の声がした。陽菜が三人いて、佳乃まで三人に増えてる。

何？　えっと、何がどうなってる？

「古都！」

白石くんの声が聞こえた気がした。

あー。やっと、名前で呼んでくれた。

そう思ったら、あたしの中でずっと張りつめていた何かが、ぷつっと切れる音がした。

「ちゃんと食べなきゃダメじゃないの」

ママの声がした。あたしはまだ小学校の低学年で、二人で鍋をのぞき込んだ。白い湯気で煙って中が見えない。ただ、何かが煮える、くつくつ、という音がするだけだった。

「ねえ。何作ってるの？」

「おかゆ。鰹のだしで、卵がふわっと入ってて、ネギもたくさん入っているやつ」

懐かしいにおい。むかし、好き嫌いが多くて、嫌いなものを食べなかった。それでもママは無理に食べさせようとするから少ししか食べなくて、それで貧血になって倒れることが多かった。

あれ？　でも、なんで？　ママはここにはいないはず。

重いまぶたを開いた。

「古都！」

その声に、胸がきゅうん、と、痛くなった。顔を向ける。

そこにいたのは、白石くんだった。ほおっと深いため息をついた。

「よかった……！　目、覚まさなかったらどうしようかと思った」

視線をめぐらせる。あたしは、自分の部屋のベッドに寝ていた。

「学校で倒れたんだ。あんまり食べてなかった、って石館君から聞いた。……古都の食が細いことは知ってたのに！　ほんとに、ごめん」

「白石くんが謝ることじゃないじゃん」

「なにか、食べられそう？」

それで気づいた。かすかに鰹のだしの香りが部屋に漂っている。

「このにおい……」

「さっきまで、お母さんが来てたんだよ」

「ママが……？」

息が止まりそうになった。

それで、か。

これは、ママの作るおかゆのにおいだ。

「お父さんが学校に迎えに来たんだ。先生は病院に連れていこうか、って言ったんだけど、お母さんに連絡したら、こういうのはよくあるから、って」

意外だった。パパがあたしのために仕事を途中で切りあげて帰ってきてくれたなんて。心配してくれた、とか？

頭では期待しちゃいけない、ってわかってるのに、心が勝手に喜びはじめる。それをどうにか抑えようと、

「よくパパが白石くんのこと家にあげたね」

「最初は、帰ってくれ、って言われたんだ」

安定した性格の悪さにほっとした。なのに、

「でもやっぱり心配だから外で待ってたらお母さんが中に入れてくれた」

ママのこと言われたらやっぱり胸が苦しくなる。会いたい気持ちがないわけではない。でも今は……帰ってくれてよかったと思う。まだ、心の整理はついていないから。

「お母さんのおかゆ、食べる？」

「水、ある？」

半身だけ起きあがったら、机の上のペットボトルを渡してくれた。それはぬるくな

りかけていたけれどまだ冷たくて、体中にしみわたる気がした。

「あの、おかゆが無理だったら、これ飲ませてくれってお母さんから」

ゼリータイプの栄養補助食品を渡された。

「今は、こっちのほうがいいかな」

ふたを開けて口に含む。そのわずかな甘味に、少しだけ元気が出た気がした。

「優勝、おめでとう」

「ありがとう」

「池田とか、喜んでたでしょ」

「もう、クラス中、大騒ぎだった」

ほう、と、ため息をついた。

「ありがとう」

「何が?」

「古都のおかげで……今は、学校が楽しいんだ」

古都。

そのひびきに、胸がきゅん、と音を立てる。

でも。これはきっと特別じゃない。あたしの友達がみんなそう呼んでるから。きっと今日で、その輪の中に入ったっていう自信ができたんだ。だから、安心してそう呼べるようになった。

多分、そういうことだ。

「別にあたしのおかげじゃないよ。勇気を出してみんなのほうに行ったのは白石くんだし。白石くんがいい人だってわかったからみんな、仲良くしたい、って思ったんだし」

自分の言葉で、なんか、覚悟ができた。

ここでちゃんと言わなきゃ。あきらめなきゃ。

期待しすぎた結果が自分の望んだものじゃなかったときに、傷が浅くて済むように。

「あたしこそ、ありがとね」

「何が？」

「お弁当。白石くん、あたしのお母さんじゃないのにさ。ほんとは自分で作らなきゃいけないの。わかってるんだけど、つい甘えちゃって。これって、友達の範囲を超えてるよね」

「そんなのは全然……」

「だからさ、もういいよ。あたしはあたしでどうにかする。たまに作ってもらうのはアリかもしれないけど、やっぱり毎日は。うん」

驚いたみたいに頬をこわばらせた。

「じゃあ、どうするの？　また購買のパンに戻るの？」

怪訝そうに眉をひそめる。

「そうだね」

「でも、おれには訳がわかんないよ。なんで？　どうしてもう作ったらいけないの？」

「だってさ……」

あたし、友達じゃいやなの。

白石くんの彼女になりたいの。

言わなきゃいけない。自分のために。

でも。

振られてしまうのが怖くて、失ってしまうのが怖くて、どうしても口に出すことができなかった。白石くんはそんなあたしの気持ちにも気づいてくれないみたいだった。

「漫画とかテレビであるよね。女の子がカレの弁当作る、ってやつ。男が女に弁当作ったらダメなの？　やっぱり恥ずかしいの？」

本気で聞いてくるから苦しくて笑ったら、ムッとしたように見てきた。だからあたしも変な笑みを顔に貼りつけたまま続けた。

「違うよ。白石くん、根本的に間違ってる。あれは、恋人同士とかじゃん。友達同士じゃないよ」

「あ……」

　本当の気持ち、怖くて言えないんだ。本当は白石くんのほうから好きだって言ってほしい。あたしのことが好きだって。

　そうじゃないなら、こんなふうにとぼけないでほしい。

　このままここで、何も気づかないふりで帰って。そしたらあたしもあきらめる。ちゃんと、友達として接するから。

「そういうのは、大切な人にしかしちゃいけないんだよ」

　白石くんの顔色が変わった。

「……食べたくない、ってこと？」

「そうじゃない。……あたしが無理かな」

　苦しくて胸が張り裂けそうだ。なのに白石くんは思いつめた表情で聞いてくる。

「なんで？」

　ほんとはこんなの言いたくない。でも。

　思い切って言葉を振りしぼった。

「期待しちゃうから。白石くんに本気で好きな人ができたときに……『彼女が嫌がるから、古都の分はもう作らない』って言われるのは……つらい」

白石くんは「あっ」と、小さく声を上げたあと、黙り込んだ。

その沈黙が、気が遠くなるほど長く感じた。

何か言って。お願い。……なんでもいいから。

祈るような気持ちで白石くんを見つめた。白石くんはあたしの視線に気づいているはずなのに、凍りついたみたいに口を閉ざすだけだった。

絶望、みたいなものが心に押し寄せてきた。

やっぱりあたしは……友達、なんだ。

目の前が真っ暗になった気がした。それ以上傷つきたくなくて、笑ってみせた。

「来てくれて、ありがとう」

「明日は学校、来れる？」

「……じゃあね」

笑ったまま視線を落とした。もう、正面から見ることはできなかった。

白石くんは立ちあがることも、口を開くこともしなかった。ただ、考え込むみたいに動かなかった。

すごく気まずい空気が横たわる。

「あのさ」

声が震えた。

「古都はさ……おれの『弁当』が好きなの？」

「好きだよ」

「そうじゃなくて」

顔を上げたとき、気づいてしまった。

苦しそうな、不安に怯えるようなそのまなざし。

同じだ。

多分今、あたしたちは同じ不安を抱えている。

大きな衝動に突き動かされた。

「……あたしは、白石くんが好きなの」

言葉がこぼれた。白石くんは驚いたみたいにあたしを見た。そして、吐息のような声をもらした。

吸い寄せられるみたいに見つめ合う。

長い長い十数秒ののち、白石くんは、小さくうなずいた。

「おれも……」

大きな手があたしの頬に触れた。どちらともなく顔を近づける。

体温を感じるほどの距離。静かに目を閉じた。

白石くん。……好きだよ。

心でそうつぶやいたときだった。

びくん、と、白石くんの指がこわばった。

そしてそのまま、動きが止まった。

おそるおそる目を開く。

そこには、苦しそうな白石くんのまなざしがあった。あたしの視線に耐えられないように下を向いた。

「ごめん」

「……白石くん?」

「もう少し、待ってほしい」

「……え?」

「どうしても比べてしまうんだ……石館君と自分を」

重いため息をついた。あたしも意外な言葉に声を失った。

「わかってる。比べるようなことじゃない。古都が好きだって言ってくれるんだからそれでいいじゃないか、って思いたい。でも石館君を見てると、やっぱりおれなんかじゃダメかも、とか思ってしまう。あとになって石館君のほうがいい、って思われるんじゃないか、って不安になる」

ぼんやりとブランケットの模様を見つめた。

「おれが古都にしてあげられることっていったら、弁当作ることだけだから」

いったん口を閉じた。

「友達だってほとんどいないし、気のきいた話をできるわけでもない。走るのは遅いし、特に勉強ができるわけでもない。家だって貧乏だし」

「あたしの話、聞いてくれる。一緒に考えてくれるじゃん」

「でもそれは、八神さんも相馬さんも……石館君だって」

どうしてもあたしにとって白石くんが特別なのだと思えないみたいだった。人が怖い。人を信じるのは……怖い。

「……ただの友達に毎日、弁当作ったりしない」

ふりしぼるように言った。

「古都の喜んでくれる顔が見たくて、毎日一生懸命、おかず、考えてる。どんな味が好きなんだろう。何入れたらいいんだろう、って。考えすぎて眠れない夜だってある。それは……ただの友達じゃないから」

最後のほうは声が小さくなっていった。

あたしは、白石くんの手をにぎった。白石くんも、あたしの手をにぎり返してくれた。

その大きな手が、長い指が、苦しそうに震えていた。

5

翌朝起きたら、パパがもうすでに出勤支度を終えていた。

「ママの作ったおかゆ、食べたか？」

「うん」

食べたらいろいろ思い出してしまって、それがつらくて半分以上、捨ててしまったけれど。

「昨日は」

どうもありがとう、と言いかけたときだった。

「おまえ、ママのところに行ったらどうだ」

パパの言葉に遮られた。

ぐらっとした。

「このことは、昨日ママと話した。ママもそのほうがいいと言ってる」

「何……勝手に決めてんのよ」

「おまえが自分のことを自分で管理できないからだろう？　ママのところに行けばちゃんとしたご飯も作ってもらえるし、寂しくないだろう。親権を持ってるのは、ママのほうだし」

今度こそ本当に地面が揺らいだのかと思った。ママが出ていく前、あたしは絶対に安心できる地面の上に立っていると思っていた。でもママが出ていってから、あたしの地面はぐらぐらと揺れはじめた。でもそれはまだ、立ってはいられるくらいの揺れで……がんばればどうにかふつうの生活ができそうだった。けど今は……今にも倒れてしまいそうなほどに揺れつづけている。

パパを見る。やっぱりあたしを見てくれない。

だから、信じるのがいやだったんだ。

仕事を抜けだしてあたしを迎えに来てくれた。でもそれは、あたしが好きだったからじゃない。行かなければ、体裁が悪いから。

忘れていたはずの痛みに襲われる。不安のせいで高鳴る心臓の音が大きくなり、それがぐらぐらを加速させる。

捨てられた者同士だと思っていたのに、あんたもママとグルだった、ってことか。仲間だと思ってたのは、あたしだけだった。寄り添いたかったのは、あたしだけ。あんたはあたしなんか必要としてない。

一緒にいられる短い間だけでも、パパから愛されていると確信できる何かが欲しかった。お金じゃなくて、ささやかでもいいから心に届く言葉や態度が欲しかった。

目を見て話してほしかった。そこで何かを感じたかった。

でも、そんなのは無理だった。感じるも何も、そこには最初っから愛情なんか存在してなかったのだから。

「そうだね」

あたしは、ぐらぐらしているところに立った。そしてそこを思い切り踏みつけた。地面がひび割れる音がした。

「そうすれば、大事な仕事を途中で抜けだして、あたしを迎えに来なくても済むもんね」

「そういうことを言ってるんじゃない。俺は」

部屋の片隅。干からびてしまった観葉植物。ねえ、覚えてもないんだよね？　それ、父の日にママとあたしがプレゼントしたんだよ。

あれが、すべてを物語ってる。

「転校はしたくないんだよね」

強い口調で遮った。込みあげるものを飲み込んだ。ぐらぐらが止まらない。

「親権はなくても、あと一年半、我慢してよ。高校卒業したら出ていくから」

「ママの家に行ったたって転校しなくていいんだ。電車で二駅のところで……」

媚びるような口調に、吐き気、みたいなものが突きあげてきた。

そこまでして追いだしたいのか。そんなにあたしが邪魔なのか。奥歯を噛みしめたら、ぎりっと音がした。あたしの表情を見て、パパの顔がみにくくゆがんだ。じろりとあたしを見た。

「やっぱりあの、白石という男のせいなんだろう！」

その吐き捨てるような言い方に、不快な塊がこみあげる。

「……うるさい！」

だめだ、立っていられない。壁に手をつく。

ねえ、パパ。揺れてないの？　こんなにぐらぐらしてるのに、パパの世界はふつうに回ってるの？

「うるさいとはなんだ！」

このまま家を追いだされるのだろうか。「出ていけ」と言われるのだろうか。出ていったって、ママのところになんか行きたくない。

焼けつくような焦り。指先から血の気が引いていく。心臓が不気味な音で高鳴りつづける。ぐらぐら、ぐらぐら。

あたし、立っていられるんだろうか。こんなぐらぐらした世界で。

そのまま洗面所に転がり込んだ。ドアを閉めて、床にうずくまる。パパの舌打ちの音に心臓が怯えて跳ねあがる。聞き耳を立てる。「出ていけ」とは言われなかった。

乱暴にドアを閉める音。遠ざかる靴音。そして、部屋に広がる静けさの音。

追いだされはしなかった。でも、捨てられるのだと思った。

追いだされるくらいなら。捨てられるくらいなら。

カバンの中から風邪薬のビンを取りだし、両手でにぎりしめた。別に、飲むわけじゃない。ママが恋しいわけじゃない。ただ、こうやってれば気持ちが落ち着く。

怖かった。あと何回、こんなふうにやり過ごすことができるだろう。本当は今だって、ふたを開けてしまいそうだ。ふたを開けてしまえば、もう、止めることはできない。

指に力を込めた。開ける衝動と、それを止めようとする衝動。

そのときだった。

――それでもいいなら、やっぱり明日も食べてほしい。

昨日の白石くんの言葉が頭の中を貫いた。

学校、行かなきゃ。

薬のビンをカバンにしまい、壁に体を預けて立ちあがる。

世界が揺れてる。ぐらぐら、ぐらぐら。ぐらぐらぐらぐらぐら。

6

史上最悪の気持ちで教室に足を踏みいれたときだった。

ヒューヒュー、という声に包まれた。

なんだろう、と思って立ち止まる。

「待ってましたー！」

宮内がオッサンくさいことを言って、また、ヒューヒューと声を上げた。

「な、何。意味がわかんない」

クラス中の視線を感じるのは気のせいか。怖くなって陽菜と佳乃のところに寄っていったら、二人も呆れたみたいな笑顔であたしを見た。

くいっと顎で黒板を示す。

そこには大量のハートマークと相合傘、両方にはあたしの名前と白石くんの名前。

「ちょっと、何やってんのよっ！」

頭の中が真っ白になった。

走っていって黒板の字を消した。

振り返ったら、

「あああああっ」

池田がわざとらしく倒れるふりをし、

「古都おおおおおおおっ！」

宮内が池田をがしっと抱きしめた。そして、お姫様抱っこをしようとして重くて上がらず、仕方なく片足を地面についたままの池田を宮内が抱きかかえる……という茶番劇までやってみせた。

どうやら、昨日、あたしが倒れたときのことを再現しているようだった。

恥ずかしさに顔が、かあああああっと赤くなる。白石くんの席を見ると、白石くんも石のように固まったまま席にいて、肩をすぼめたままうつむいていた。上目がちにあたしを見て、また恥ずかしそうにうつむいた。

「うるさいっ！　黙れっ！」

二人のところに行って引きはなすと、またヒューヒューとやられた。

陽菜と佳乃のところに駆け寄り、

「あれ、嘘だよね？」

と、声をひそめた。

「ううん、ほんと」

陽菜は笑った。

覚えていないとはいえ、かなり恥ずかしい。顔が赤くなるのもわかるし、大量に汗が噴きだす。

「もう、少女漫画みたいだったよ」

佳乃がふっと笑った。陽菜もうなずき、

「倒れたところに走ってきて抱き留めて、軽々と抱えあげてそのまま保健室。ほんとはさ、あたしたちだって心配だったから家に行きたかったよ。でもその気持ちをぐっとこらえて、ＬＩＮＥだけにしておいたんだから」

昨日、この二人と充、宮内と池田からは心配するメールが届いていた。

「そうそう。それで白石をあんたの家に向かわせた、というわけ。もう、心配して真っ青になっておろおろしてたから。あんなの見たら、もう、あたしたちはお呼びでない、って感じよ」

もう一度白石くんを見た。真っ赤になって、顔も上げられないみたいだった。

「まさか、おまえらがそんなことになってたとはな」

「実はイケメンだ、って、知ってたのか？」

「それとも、白石が古都を好きだったのか」

「告られたのか？　告ったのか？」

池田と宮内がにやにや笑いを浮かべたまま近寄ってくる。

「黙れ、あっち行け！」

その日のランチは、保温ジャーに入ったおかゆだった。

「食べられそうだったら、こっちも食べてみて」

白石くんはタッパーに入れたおかずも出してくれた。豆腐のハンバーグとか柔らかく炊いた人参とかインゲンが入っていた。殻付きの卵もあった。

本当は、白石くんも交ぜてみんなでお弁当を食べるつもりだった。でも、朝、宮内たちがあんなことをしたせいで、クラス中、いや学校中が白石くんとあたしの動向を見守る、みたいになっていて嘘のように恥ずかしかった。

「あんたたち、今日は隠れてたほうがいいんじゃないの？」

陽菜が言ってくれた。

「昨日あんなふうになって、朝あんなふうにからかわれて、これでまた手作り弁当もらってる、ってことになったら、あのバカ二人がまた騒ぎだして、また学校中から噂されるよ。あんたはともかく……白石、心臓発作、確定」

「だよね。白石は昔からの友達、ってわけでもないから、キツいかも」

佳乃もポーカーフェイスでうなずいた。

というわけで、二人でまた、いつもの非常階段に座っているのだった。

「なんか、ごめんね」

「いや、おれのほうこそごめん。恥ずかしい思いさせて」

しゅん、と縮こまる。

「ううん。……あたし、覚えてないから大丈夫なんだけど」

少し考える。

「気を失ってたのが残念な気もする」

みんなが大騒ぎをしてるし、ほかの子からも「うらやましい」「いいな」なんて言われたから、恥ずかしい反面うれしい気持ちもある。

「そのことは、もういいよ」

照れたみたいに笑った。そして、あたしがスプーンを保温ジャーに入れるのを見ると、何かを思い出したみたいに「あ」と、小さく声を上げた。

「これ、割ってみて」

卵を渡された。ゆで卵だと思っていたのだけれど、実は温泉卵だった。

「すごーい！」

温泉卵を食べたのなんか、いつ以来だろう。

白身がふわっとしてて、黄身も固すぎなくて、塩味のおかゆと混ぜるとあったかくて優しくて、おなかの中から力が湧いてくるような気がした。

「母さんが、卵食べたら元気が出る、って言うから」

最後はもごもごと口の中で言うからつい、笑ってしまった。その勢いで言ってみた。

「もしよかったらさ、明日からは教室で食べない？」

「でも石館君……」

「ちゃんと話し合ったよ。謝られちゃってさ。俺には重すぎた、みたいな」

「なんか、気まずいよ」

眼鏡を押しあげた。

やっぱり無理か……。

「そっか。じゃあ、仕方ないよね」

「ごめん」

お弁当を食べ終わって片づけていたら、

「あのさ」

ためらいがちに封筒を差しだしてきた。

「忘れないうちに渡しておくよ。これ……お父さんに返しておいてほしいんだ」

「何、これ」

「昨日、タクシーで帰りなさい、って渡されたんだけど、使わなかったから」

……お金だ。

　忘れていたはずの不快な塊がせりあげてくる。また、ぐらっと世界が揺れた気がした。

「古都？」

　白石くんの声で我に返る。また、歯を食いしばっていた。

「なんか、ごめんね」

「なんで？」

「……うちのパパ、お金がすべてだと思ってる」

　白石くんは考え込んでいたけれど、

「そういうわけじゃないと思うよ」

　意外だ、という顔をしたあたしに、優しく笑いかけてくれた。

「どうしていいかわからないんじゃないかな」

「たしかにパパの家は貧乏だったらしいの。お金が大切だっていうのはわかるよ。でも」

　白石くんはお弁当箱を持ったまま動きを止めた。

「前にも一度言いかけたんだけど……うち、姉ちゃんだけは、父さんとあんまり仲が良くなかったんだよね」

　あっ、と、声を上げそうになった。

そういうこと、だったんだ……。

「父さんは父さんなりに、がんばって姉ちゃんとも仲良くしようとしたんだよ。けど、積み重ねたものが何もないところでいきなり、ああしろ、こうしろ、って言われたってさ」

「だから前に、ウザかった、って……」

「そう」

白石くんは、小さく笑った。

「ほぼほぼ知らないおじさん状態だった人が急に生活の中に入り込んできて、いきなりスポーツやれ、って、なんなんだよ、って思ってた。最初はすっげえ嫌だったんだけど、我慢して言うこと聞いてるうちに、おれとは仲良くはなった、って感じなんだ。男同士だしね。でも姉ちゃんは無理だった。大学に入ったら逃げるみたいに一人暮らしはじめたんだ。それで、父さんが亡くなってから家に戻ってきた。いなくなってから戻ってきても、遅いのに」

のぞき込むようにあたしを見た。

「姉ちゃんと父さんはうまくいかないままだったけど……古都とお父さんは、これからなんじゃない？　あきらめるのは、もったいない、っていうか」

そんな、テレビドラマの結末みたいなこと言われたら、もう何も言えなくなる。現実は、そんなに簡単じゃない。

……そんなあたしの気持ちに気づいたのだろうか。

「古都？」

顔をのぞき込んできた。わかっているけれど、なんとなく顔が見られない。すると、手をにぎってきた。

「思ってることがあるなら、教えてよ」

「でも……」

ためらうあたしをどう思ったのだろう。

「前は……龍波っていう名前を聞くたびに落ち込んでたんだ」

苦しそうに笑った。

「自分が重要だと思っていたのは自分だけで、本当はすごく嫌われてたこと。あれだけ毎日一緒にいたのに、心を開ける友達なんか一人もいなかったこと。おれが龍波をやめたことを知らない人が近況を聞いてきて、答えたときの反応を見たときには悔しくて悲しくて、でもどうしようもなくて落ち込んだこと。でも……最近はそんなに苦しくない。少し距離を置いて見ることができるようになった」

手に力がこもった。

「それは全部、古都のおかげだと思う。古都がいてくれるから、そんなふうに思える。

だから古都もおれにだけは話してほしい。意見が違ったっていい。何を思ってるか知りたいし、一緒に考えたい。意見が衝突してケンカになったら仲直りすればいいんだから」

白石くんの気持ちが、固くなっていた心のどこかに触れた。

もう、自分の気持ちを隠す必要はないんだ。

そう思ったら、言葉が口をついて出た。

「うちは……美弥さんとは事情が違うと思う。白石くんのお父さんは美弥さんと仲良くしたかった。でもパパはあたしとうまくやっていきたいとは思ってないよ、多分。もしかしたら白石くんが言うように、愛情をお金で示そうとしてるのかもしれない。わかってる。でも、その中に心が見えない。気持ちが見えない。だから、さみしいんだ」

「そっか……」

白石くんは考えるみたいに黙り込んだ。手を放し、指をからませてさらに強くにぎってきた。それ以上は何も言わなかった。

ただ二人で、手をにぎっているだけだった。

何も解決していない。状況が変わるわけでもない。ただ、苦しかった気持ちが軽くなっていく。おなかの底から自信のようなものが込みあげてくる。

予鈴が鳴った。

手を放して立ちあがろうとしたときだった。

突然、白石くんが口を開いた。

「今度、バイト代が入ったら……遊園地行かないか？」

まさか白石くんのほうから誘ってくれるなんて思わなかったから、耳を疑った。すぐに答えなかったのをどう思ったのか、今度は少し不安そうになった。

「もしかしてそういうの、嫌い……？」

「行く！」

食い気味に返したら、白石くんも大きくうなずいた。

7

ずっと降り続いていた雨は、午前中には止んだ。

今日は、白石くんと遊園地に行く日だ。

かわいい服も買った。メイクだってばっちり。下ろした髪を内巻きにするのに三十分もかけたんだから。

駅に降りたら、ＬＩＮＥの通知が来た。陽菜と佳乃だった。

――いいなー、遊園地。

――結果、ちゃんと教えてよ！

あたしたちがつきあいはじめた、というのは学校中の公認みたいになってしまった。別に学校でべたべたしたりはしないけれど、お昼は教室でみんなで食べるようになったし、白石くんがあたしのお弁当を作ってくれている、というのも知られるところになった。

あの日からパパとは顔を合わせていない。「出ていけ」と言われるのが怖かったから。向こうも避けているみたいで、予定を繰りあげて昨日から出張に行ってしまった。あたしの顔も見たくないんだろう。

待ち合わせ場所に現れた白石くんは髪を短く切っていた。もちろん眼鏡もかけていない。

「すごい！　似合ってる！」

思わず声を上げたら恥ずかしそうに笑った。

「もう、顔を隠さないことに決めたんだ」

「……え？」

「行こう」

それ以上は教えてくれなかった。でも多分、白石くんの中で何かが変わったんだ。

少しずつ変わっていく白石くんがうれしくて手をつないだら、強くにぎり返してくれた。

最初は、絶叫マシーンに向かった。

下のほうからゆっくりと上がっていって、一番上で止まった。次の瞬間、ものすごい勢いでほぼ九十度に落ちていく。一番下まで落ちたあと、それはまた、さらに大きな高みを目指して昇っていった。そしてまた、真っ逆さまに落ちていく。こういうのは初めてで、ものすごく怖かった。でも大声で叫んでいたら、いろんなもやもやが飛んでいくような気がして、終わったあとは、なんか楽しかった。

「古都、すごく叫んでた」

乗り終わったあと、白石くんが笑った。

「だって、すごく怖かったんだもん！」

「じゃあ次はあれにしよう」

白石くんは絶叫系が好きみたいだ。すごい速さで錐（きり）もみしながら進んでいくコースターで、ここでも叫びまくった。

次にあたしが選んだのは、お化け屋敷みたいな探検系のアトラクションだった。今まで顔を上気させていたのに、急に、

「おれ、こういうの苦手なんだよな」

と、顔をひきつらせた。

「怖かったらあたしにつかまっていいよ」

「ええ？　さすがにそこまではしないよ」

ってムッとしていた。……とか言いつつ、あたしはしがみつかれる気、満々だったのにどれも怖くなくて、フッーに出口のほうまで行ってしまった。

最後に生首が落ちてきたところで驚いて、「きゃあっ」と、飛びのいたら、「ごん」と、どこかにおでこをぶつけた。

ぶつけたおでこをさすりながら外に出たら、白石くんも片方の頬を押さえていた。あたしがぶつかったのは白石くんだったらしかった。

「なんでそうなるの？　白石くん、あたしより頭二つ分くらい背が高いのに」

「実はさ」

どうやら、あたしが驚いて白石くんのほうに寄ったときに、あたしの足に躓(つまず)いて、転びかけたときにぶつかった、ということみたいだった。

二人で声を上げて笑った。

この遊園地で有名な、子供に人気のシェイクを白石くんが飲みたがった。あたしがイチゴ味で、白石くんがメロン味。半分まで飲んでからお互いのを交換した。楽しかった。まるで、夢の中にいるみたいに。

一通り乗りたいものを全部乗り終わり、夕食を終えてレストランから出てきたらすでに七時半を過ぎていた。

「最後に、観覧車に乗りたい」

思い切って言ってみた。

「一番上から見る夜景が、すごくきれいなんだって」

思うことは皆同じみたいで、観覧車の列は長かった。ほとんどが恋人同士みたいだった。お約束みたいで恥ずかしい気がしないでもなかったけれど、白石くんもつきあってくれた。

これで、最後の乗り物なんだ。

急に寂しさにおそわれた。さっきからずっと白石くんと手をつないでいる。なのに心がざわついている。

見えない何かがひたひたと後ろからついてくるような、そんな気味の悪さ。

あたしたちの順番が回ってきた。

ゴンドラの中に入ったら、急に静かになった。少しずつ広がっていく夜景を見ながら、

「ああ、楽しかった」

白石くんが噛みしめるみたいに言った。

「うん」

じっと窓の外を見た。何か考え込むようにしていたけれど、

「実はさ」

思い切ったように口を開いた。

「この遊園地……父さんとの最後の思い出の場所なんだ」

「え……」

何か答えようと思ったのに、言葉が何も思い浮かばなかった。

「龍波に入ったお祝いだ、って言って、家族で」

お父さんを思い出して苦しんでいるのかと思った。どんな言葉でなぐさめよう、と、その表情を見て少し驚いた。

白石くんはすごく穏やかな顔をしていた。

「ずっと、バレーだけがおれの世界だった。バレーだけが一番で、そこ以外に自分の居場所はないって思い込んでた。龍波やめたあともずっとそのことに囚われてたんだ。だから今日、古都と一緒にここに来たかった。ここに来れば……何かが変わる気がした」

「……どうだった？」

あたしの問いに、白石くんは言葉を探すみたいに黙り込んでいたけれど、

「大丈夫だ、って思った」

嚙みしめるみたいにつぶやいた。小さいけれど、しっかりとした声で。

「おれ……大丈夫だ、って」

「……そっか……」

それが、どんな感覚なのかはわからない。でもそれは多分……。

ほかに話す言葉を探しながら、気づいた。

……あたしも同じ？

世界が揺れる気がした。

自分たちが家族だったころに……縛られてる。

ショックだった。めまいを覚えるほどに。

「ありがとな」

白石くんは、ふっきれたみたいに笑った。

あたしも……白石くんみたいに気持ちを切り替えられるのだろうか。

複雑な気持ちでうなずいた。

一番高いところで、少しだけゴンドラが止まった。

しばらく、言葉もなく窓の外に一面に広がる夜景を見つめた。

白石くんが口を開いた。

「おれ、古都が好きだ。つきあってほしい」

白石くんの視線にぶつかった。

「ほんとに……？」

「まだ、完全に自信を取り戻したわけじゃないんだ。でも、古都と一緒なら……」

その言葉で胸がいっぱいになり、ただ、小さくうなずいた。

白石くんの長い指が、頬に触れた。くすぐったいみたいな、しびれるみたいな感じが全身に広がった。

あたしが白石くんを見つめて。白石くんがあたしを見つめて。

顔が近づいた。

先に目を閉じたのは、どっちだったのか。吐息を感じた。

そして、唇が重なった。

どれくらいの時間だったんだろう。どきどきして、胸が苦しくて、うれしくて。このまま溶けちゃいそうなくらいに幸せで。

なのにやっぱり小さな不安がぬぐえない。

この世界から踏みだす不安。

顔を離して見つめ合う。

白石くんの胸に顔をうずめたら、抱きしめてくれた。

「好きだ」

うなずいた。何度もうなずきながら、ちょっと泣いた。

「あたしも、祐介が好き……」

たしかめるみたいに手をつないだ。

もう、怖いものなんかない。

あたしも、歩きださなきゃいけない。

パパとママとあたしが、家族でなくなってしまった世界に向かって。

8

閉園時間が近づいていた。人波がばらばらと出口を目指す。

駅のほうに歩きながら、心臓が怖いくらいに高鳴っていた。わかってる。足を踏みださなきゃいけないこと。

でも。

「古都？」

一緒に歩いていた白石くんも驚いたみたいに足を止めた。あたしも思い切って足を止めた。

カバンの中に手を突っ込む。手探りでつかんだのは、あの冷たい肌触りの小ビン。そう。ママが愛用していた風邪薬だった。

「どうした？」

白石くんの表情があからさまにこわばった。同じく駅に向かう人たちが、流れを遮るあたしたちを怪訝そうな顔で見ながら追い越していく。

流れの中心から離れ、道路の端に置かれているゴミ箱の前に立った。

「大丈夫？」

心配そうに聞いてくる。

そんな白石くんを見たら、勇気が出た。

最後にもう一度、その小ビンを見つめた。

熱を出したときに、ママが寝ないで看病してくれたこと。

錠剤が飲めないあたしのためにかなづちで叩いて粉末状にして、オブラートに包んでくれたこと。

熱があるかどうかたしかめるとき、くちびるをあたしの額に当ててくれたこと。

振り切るつもりで、持っていたビンをゴミ箱の中に落とした。そして、白石くんの手をにぎってぎゅっとした。

「行こう」

引っ張るみたいにして先に立って歩きだした。白石くんは最初、少し後ろを歩いていたけれど、

「送ってく」

となりに並んだ。

「お父さん、いるの？」

なんと答えるか少し迷ったけれど、小さく首を横に振った。

あたしたちは何も言わないまま電車に乗った。

やっぱり心臓は狂ったように音を立てていた。

大丈夫。わかってる。

それでもやっぱり、あの真っ暗な家のことを考えるとため息がこぼれた。

「……震えてる」

「大丈夫だから」

「古都」

その、少し怒ったみたいな声で気づいた。

もう、気持ちを隠さなくていい。白石くんには、思っていることを正直に話していいんだ。

思い切って口を開いた。

「本当は、泊まっていってほしい」

白石くんは何も言わなかった。一度手を放し、指の間に指をすべり込ませて固くにぎった。

「いいの？」

「おれたち……つきあってるんだろ？」

小さくうなずいた。

白石くんは何を考えているのか、じっと窓の外を見つめていた。

会話はなかった。それでも、つないだ手は離さなかった。

9

家に着いたら、十一時を回っていた。

あたしの家は、見慣れているはずなのに暗い闇の中でひときわ黒く沈んでいた。

自分から言ったことだけど、後悔みたいなものが胸にともっていた。

もしかしたら……する、かもしれない。

白石くんは好きだ。でも、こんな気持ちでそうなるのは……。

ここで「帰って」と言えば、白石くんは帰ってくれるだろう。

でも、この真っ黒な家の中、ひとりで夜を過ごすことは到底できない。

不安な気持ちのまま中に入って電気をつけた。

思い切って口を開く。

「……あがって」

けれども、白石くんは動かなかった。

「白石くん？」

「悪いけど、電話貸して」

声がこわばっていた。

「泊まること、おれたちの親に話さなきゃ」

また地面が揺らぎそうになった。

「でも、そんなことしたら！」

白石くんのお母さんは、わかってくれそうな気がした。でも……パパは無理な気がした。あれ以来、顔も合わせてないし、話もしていないのに！

「無断外泊したら、家族が心配する。古都のお父さんだって、おれが黙ってここに泊まったらいい気分はしないと思う」

「でも、パパは許してくれないかも」

許してくれないだけならいい。でもまた、白石くんを侮辱するようなことを言ったら。

「だからって、ここに一人残して帰れない。一人にしたら、どこかに行ってしまうような気がする。……そしたら多分、もうおれの手には届かなくなる」

ヒヤリとした。

「もう絶対に古都の手を離さない、って決めたんだ」

「でも」

「支えるから。今度はおれが古都を守る」

全身に鳥肌が立った。

勇気を出して電話を渡した。白石くんは背中を向け、肩をすぼませてぼそぼそと話しはじめた。全身を耳にして会話を聞こうとしたけれど、よくは聞きとれなかった。何度か頭を上下させていたけれど、

「うん……わかった……」

言ったあと、ちらりとあたしを見た。

「……何？」

「母さんが、おれたち二人に話したいことがあるって」

はあ、と、大きなため息をついた。ビデオ通話に切り替わった。白石くんのお母さんは薄暗い中にいた。車の中みたいだった。ハザードをつけてどこかに車を停めてい

るらしく、カチ、カチ、という規則的な音と、外を走る車のエンジン音が聞こえてきた。

「古都ちゃん、大丈夫？」

白石くんのお母さんは真っ先にそう聞いてくれた。

「はい」

「状況は、聞いたわ」

「……はい」

「祐介が古都ちゃんのおうちに泊まるの、わたしはね、許してもいいと思ってるの」

お母さんは、淡々と言った。

「ただ、古都ちゃんのお父さんに話して、許可をもらってからじゃないとだめ」

「でももし、ダメだって言ったら……」

心配になって顔を上げた。

「そのときは考えましょ。この時間に二人で来させるのは心配だから、わたしが迎えに行く。せまいから雑魚寝（ざこね）になっちゃうけど、うちに泊まって」

「でも母さん、今、仕事中……」

「そうだけど、あんたたちのほうが大切だから」

即答だった。迷うことも、考えることもない。本当は、あたしもパパにこんなふうに思ってほしい。無理だってわかってるのに。

「あともうひとつ。一番大切なこと」

お母さんは、真顔で続けた。

「あんたたち、セックスするの？」

「なっ、何言ってんだよ！」

白石くんが真っ赤になって声を上げた。あたしも言葉につまった。けれど、白石くんのお母さんはものすごく真剣だった。

「だって、好きあってる男女が二人きりで誰もいない家に泊まるのよね？」

さっきから考えていたことだ。でも、口に出して言えなかったこと。

こわばっていた気持ちがほどけていくのを感じていた。

「これは、すごく大切なことなのよ」

お母さんは、戸惑うあたしたちを交互に見つめた。まるで、心に言葉を刻みつけようとするみたいに。

「決してセックスをお勧めしてるわけじゃないの。けど、お互いが好きで好きでどうしようもなくなったら、止められるものではないってこともわかってる。ただ、そういう雰囲気になっても、どちらかが少しでもいやだと思ったら、絶対にしないでほしいの。そういう気持ちは、ちゃんと相手に伝えなきゃいけないし、尊重されなきゃいけないから」

　あたしたちは、なんとなく顔を見合わせ……うなずいた。

「そして、どうしてもするというなら、必ずコンドームをつけなさい。セックスしたら、いつだって妊娠の可能性は伴う。今のあなたたちには、新しい命に責任は持てない。そんな状況のまま避妊をしないセックスをして、一番傷つくのは古都ちゃんだから」

　白石くんがぴくりと体を震わせた。あたしを見て小さくうなずいた。

　恥ずかしいという気持ちよりも、責任、のような思いが強まる。

　自分たちを大切にする責任。新しい命を生みだしてしまわない責任。

「あたしはね、二人を信用してるの。二人が大事なのよ。だからこんな話をしてるの。……古都ちゃんも、わかってくれた？」

「わかりました」

　しっかりうなずいてみせた。温かい気持ちが心の中に広がっていく。言葉だけでなく、本物の気持ちで大切に思ってくれているのを感じたから。

　どういうわけか、ママのことが頭をよぎった。

　ママだってセックスがそういうものだって知っていたはずだ。好きで好きでどうしようもなくなって、止められなくなった結果が今なのか。そしてあの男の人と、新しい命に責任を持つことを決めた。

不倫を認めるわけじゃない。許すわけじゃない。もうママのところに戻ったりはしない。

だけど……芽生えてしまった命を守ろうとした、そしてあたしの命にも責任を持とうとしたママの気持ちだけは、認めざるを得ないと思った。

10

ビデオ通話の発信音が流れつづけている。白石くんのお母さんとの電話が終わり、言われたとおりにうちのパパに電話をかけているのだった。

心臓が狂ったみたいに音を立てていた。全身が冷たくなって、恐ろしさに指先が震える。

白石くんが絡ませた指に力を込めた。そしてあたしは、その手をしっかりにぎり返す。

絶対、離してしまわないように。

呼び出し音だけがこの世界の音になってしまったみたいにひびく。心臓が狂ったように高鳴っている。それをどうにかしたくて、息をつめた。

この時間が、何時間にも思えた。

もう少しで留守番電話に切り替わりそうになったときだった。

「どうした」

ホテルの部屋だった。パパは訝しむように眉をひそめ、右手でパソコンのマウスを操作しながら、左手でネクタイを緩めた。視線の先は、パソコンの画面。

「今日、遊園地に行った」

声が震えた。返事はない。

「……白石くんが家まで送ってくれたんだけど、このまま泊まってもらってもいい？」

「だめだ」

ねえ、お願い。こっちを見て。

不安に高鳴っていた胸の鼓動が、不気味な音に変わりはじめる。

「でも、もう遅いし……」

「だったらタクシーで帰ってもらいなさい。金はいつものところにあるだろう？」

金。

だから、そういうことじゃない。本当はわかってるんだよね、パパ。

不気味な音が最高潮に高まったとき、ぐらぐらと世界が動きはじめた。

パソコンに向かったまま、ちらりともこっちを見てくれない。

あたしを見てってば！

そのとき、昔のことが鮮明に思い出された。

あれは、いつのことだったろう。一面の花畑。

「好きなだけ摘んでいいんだって」

ママが笑った。パパがうれしそうにこっちを見ている。あたしは一番近いところにあった花を摘んだ。鮮やかなピンク色。

「パパ見て！　きれいでしょ？」

パパはあたしを見て笑った。

「ああ、きれいだな。古都にはピンクがよく似合う」

「ほんとね。古都、とってもかわいい」

「パパ、見て。ママ、見て！　お花、こんなにたくさん！　古都ね、お花大好き！ピンク大好き！」

あのときのパパの笑顔。ママの笑顔。あんな顔、ずっと見たことがない。どんなふうに笑ってたのかさえも覚えてない。

見て。

ねえ、パパ。あたしを見て。あのときみたいに。

ぐらっと世界が揺れた。

ああ、そうか。

やっとわかった。

これは、あたしの世界が崩れる音。

なんで踏みだせなかったのか。どうしてここに留まりたいと強く願ったのか。留まれないくらいなら、自分なんかいなくなってしまったほうがいいと思ったのか。

あたしはママを捨てた。でも、パパだけは捨てたくない。

だって、好きだったんだから。

ママもパパも大好きだったんだから！

強烈な思いが突き上げてきた。

失いたくない。

本当にそう思うのなら。好かれてないって知ってても、それでもパパが好きなんだったら。

待ってるだけじゃダメなんだ。自分から手を伸ばさなければ。

「一人でここにいるのは寂しい」

言葉が口をついて出た。それでもパパは、パソコンを操作しつづける。

「何を言ってるんだ、今さら。俺が忙しいの、知ってるだろう？　出張でいないのには、慣れてるんじゃないのか？」

「……別に慣れてるわけじゃない。あたしが我慢してるだけだよ」

「いい加減にしろ！　高校生にもなっていつまでも親に甘えるんじゃない！」

ママの姿がまぶたの裏に浮かんだ。

こぼしたため息。暗く沈んだ顔。笑ってても泣きそうに見えたまなざし。

ねえ、本当は、パパだって気づいてたんじゃないの？

気づかないふりしてただけなんじゃないの？

「甘えてるわけじゃない。寂しいと感じることに大人も子供も関係ないんだよ」

パパは、ばからしい、というように小さく鼻を鳴らし、何度も首を横に振ってみせた。

そのとき。

世界が壊れはじめた。

壊れて、一か所に吸い込まれていく。

それで気づいた。

ぐらぐらが、ぐるぐるに変わっていた。すべてのものを吸い込んで。

「おまえだってもう高校生なんだから。どうしても無理なら今からママのところにでも行きなさい」

行かないで。

壊れていく世界に巻き込まれないで。

片方の手を白石くんとつなぎ、もう片方の手をパパへと向かって差しだしている。

「パパが帰ってきて」

あたしは言った。

「ママのところに行きたいんじゃない。パパに帰ってきてほしいだけなんだよ！」

するとパパは汚いものでも見るように笑った。

「何を今さら」

「だったら白石くんに泊まってもらう！」

そう言ったときだった。

パパはあたしを見た。頬をふるわせ、目を吊りあげて。

目が合った。

「親のいない隙に男を連れ込んで、一体何をするつもりなんだ！」

その場が一瞬、静まり返った。

気づいてしまった。

パパがあたしを見てくれるのは、にらみつけるときだけなんだ、と。

止まっていた世界が、きしんだ音を立てて動きはじめた。もっと大きく、もっと激しく。ぐるぐるの渦になり、すべてを壊していく。

白石くんが悔しそうに唇を嚙んだ。

ここに二人で泊まるのはセックスが目的じゃない。なのに、パパにとってあたしたちは、盛りの付いた薄汚いオスとメスでしかないのだ。

汚いのは……どっちだ！

すべての感情が流れていく。

楽しかった思い出も。

パパのことが好きだった、という気持ちも。

何もかもが壊れゆく世界に吸い込まれる。あたしは後ずさりながら、その様子を見つめていた。今まで一度も感じたことがないほど、絶望的な気分で。

やっぱり、だめ……かもしれない。

伸ばした手を下ろしかけた、そのときだった。

「それ、おれに貸して」

白石くんがスマホを持ったあたしの手に自分の手を重ねた。

「でも」

「あきらめちゃダメだ。一人でできないなら二人でやってみよう」

その真剣なまなざしに。

その言葉に。

胸が詰まって泣きそうになる。

大きくうなずき、スマホを手渡した。

「こんばんは。白石です」

白石くんは頭を下げた。

「おれは古都さんが好きです。つきあってます。でも、変なつもりでここに泊まるわけじゃありません。苦しい時に支えたいんです」

「そういうのを依存、って言うんだ。そんなことしてたら、おまえたちは二人ともダメになるぞ」

パパは汚いものでも見るように白石くんを見て、吐きだすように言った。それでも白石くんは変わらなかった。

「これは、依存じゃないです」

「じゃあ、なんだっていうんだ」

「……おれたちの生きてる世界は、そんなに楽しいところじゃない」

ここで初めて、苦しそうにわずかに顔をゆがめた。

「ほんとはいつだってこんなところから逃げだしたい、って思ってる。でもそうしないのは、できない何かがあるから」

そして、つないだ手を握りなおした。

「今この手を離したら、古都さんを引き留めるものは何もなくなってしまうんです」

「おまえに古都の何がわかる！」

「わかります！」

電話の画面で、パパは、怯んだように頬をこわばらせた。白石くんは意を決したように口を開いた。

「死のうとしていたおれの手をつかんで、ここまで引き戻してくれたのは、古都さんだから！」

その瞬間、世界がぴたりと止まった。無に近いような静寂。

死のうとしていた。

白石くんもあたしと同じことを考えていた。そして、どこかのタイミングで思いとどまった。

それは多分……サンドイッチを手渡した、あの時。

全身に、恐怖にも似たしびれが走った。

あたしたちは友達でもなかった。ただの「見る側」と「見られる側」。でももし、それが白石くんを救ったのだとしたら。救われたのは、あたしも同じだ。お弁当を見るあの一瞬。

毎日、それが楽しみだった。

足元はもう、揺れてない。あたしが立っているのは、玄関の白いタイルの上。

パパは真っ青になってうつむいた。そして、傷ついたような顔であたしを見た。目が合ってしまわないように気をつけながら、

「パパだって、おまえにいつも手を差しだしてるじゃないか。にぎり返してこないのは、おまえのわがままなんじゃないのか？」

絞りだすみたいに言った。

「わがままなんかじゃないよ」

あたしは、小さく首を横に振った。

「だってその手は、にぎり返したとたん、引っ張りあげてそのまま地面にたたきつけてくる手だから」

パパの表情が固まった。しばらく黙り込んでいたけれど、小さなため息をついた。

「これ以上……どうしろ、っていうんだ」

うつむいた声が震えていた。

「この家に、俺の居場所なんかなかった。いつも、ママと二人で閉じられた世界にいて、俺のことなんか見てなかっただろ？　そんな、あっちがダメだからってこっちに来られたって、どうやっていいかわからない」

頭の中が真っ白になった。

そんなの、考えたこともなかった。

だって、とか、でもそれは、とか、反抗する言葉が浮かんでくる。納得できない。認めたくない。自分にも非があるとは思いたくない。だって、すごくつらかったから。苦しかったから。その原因はパパだったんだから。でも……パパがそう感じていたこと。それは、事実なのだ。

「これからは、あたしを見て」

気がついたらそう、つぶやいていた。それは、ずっと心の中で思っていたこと。ずっと求めていたこと。

「あたしたちをちゃんと見てほしい。……あたしもパパをちゃんと見る。パパと、向き合うから」

パパが、ゆっくりと顔を上げた。そこにあったのは、今まで一度も見たことのない不安そうな眼差し。

目が合った。

長い間、胸の中でこわばっていた何かが、すっとほどけていくような気がした。こんな自信のなさそうなパパを見るのは初めてだった。パパは深いため息をついた。

「白石くん」

「はい」

「古都を……頼みます」

しっかり白石くんを見つめた。そして、頭を下げた。白石くんも深く頭を下げた。

11

その夜、あたしたちは体を寄せ合って眠った。

でも……しなかった。

あたしがここにいて。白石くんがとなりにいて。

ただ、それだけでよかった。

二人、かたまりになってもぐり込んだブランケットの中、思い切ってたずねた。

「あの日、何があったの？」

白石くんは、あからさまに顔をこわばらせた。

「サンドイッチをあげた、あの日」

しばらく考え込むように黙り込んでいたけれど、ゆっくり口を開いた。

「なんかいろいろ、一気にいろんなことが起こって」

苦しい息をついた。

「親父をはねたの、信号無視の車でさ……。向こうもそれを認めてて、何度もうちに謝りに来てたんだ。なのに保険会社から連絡があって、加害者が警察に、父さんは自分から飛びだしてきた、って言いだした、って。自殺だったら保険金を返せ、って」

あたしは、静かに白石くんの手を取った。

「その人たちは何度もうちに謝りに来てたから、すごくショックだった。そんなとき、龍波のバレー部の先輩たちがSNSの裏アカでおれのこと、父さんのこと、ひどいこと言ってる、って……美鈴が気づいて。もう誰も信じられないと思った。多分、美鈴も同じ気持ちだったんだと思う。……それから家出しはじめて。警察行ったり迎えに行ったり。大好きだった絵もやめてさ。同じくらいのときに、親戚が『なんで龍波やめたんだ。金なら援助してやるから戻れ』って言いだして。だったらなんでもっと早く助けてくれなかったんだよ、って。父さんがあんなに疲れて、ふらふらになるまで仕事してたの、知ってたのに。そしたらちょうどあの日、龍波の先輩に駅で会ってしまって」

胸が苦しくて、

「そうなんだ」

としか答えられなかった。それでもまっすぐ白石くんの横顔を見つめた。

「炊飯器のタイマーをかけるのを忘れてしまった。でも、気づいたのが早かったからどうにか炊きあげて、ギリギリ間に合った。でも、そのせいでいつもより遅い電車に乗ることになってしまったんだ。なるべくあの人とかち合わないように気をつけてたのに、遅刻すると思ったら焦って……油断してしまった」

「そっか……」

「その人、ずっとおれのことを目の敵にしてたんだ。率先して悪口言いだしたのもその人だし、一番ひどいこと言ってきた。電車でおれを見つけて声をかけてきたんだ。わざとらしく、おれのポジションを自分が取った、とか、おれと組んでた先輩も、自分のほうがやりやすい、って言ってる、とか、そのおかげで春高バレーでもいい成績出せた、とか。なんで龍波もバレーもやめたのに、いまだにそんなこと言ってくるんだ、とか、こんな状況で戻ったらまたキツいよな、って。なんか、そういう、いろんなこと。でも、誰にも相談できなくて。……おれなんか、ここにいちゃいけないんだ、って思った。どこに行ったら確実に死ねるんだろう、って本気で考えてた。そしたら古都がサンドイッチくれて。食ったら、なんか……我に返った、っていうか」

そこで、あたしの手を握る手に力を込めた。

「それで……どうなったの？」

「目撃者が見つかったんだ。それでやっぱり悪いのは加害者のほうだ、ってわかって」

「じゃあ、龍波に戻る、って話は……」

まっすぐ見つめられた。

「断るよ」

「……後悔しないの？」

「ほんとは、ずっと迷ってた。母さんは『戻りたいなら戻っていいよ』って言ってくれたし、親戚はまだ『考え直せ』って言ってくる。龍波に戻ったら古都に『かっこいい』って言ってもらえるかな、とも思った。でも」

小さく笑った。

「今なら自信を持って言える。おれが居たいのはこっちなんだって。古都と一緒にいて、弁当を作って、食べて、『おいしい』って笑いあえる場所」

その夜、夢を見た。

道のないジャングルを、草や茂みをかき分けながら進んでいく夢。背の高い草に阻まれ、行く手は見えない。あたしたちは勇者だった。楯も剣もない。でも、少しもこわくなかった。となりには白石くんがいて、ずっと手をつないでいた。この手をつないでいれば、どんな高い山でも深い渓谷でも乗り越えられる。どんな猛獣や魔物にも立ち向かえる。

そんな気がした。

12

来週からは長い夏休みだ。

枕元に置いたスマホが軽やかな音を立てた。

──古都、おはよう。

白石くんからＬＩＮＥのメッセージが届いていた。また、スマホを使いはじめたのだ。

──おはよう。

あくびをしながら返事を打つ。こんなささやかなやりとりさえ、うれしい。

パパは相変わらず忙しい。けれど、少しだけ変わったことがあった。

「メシ、できたぞ」

ほんのり煙って見える部屋の中、あたしの向かいでトーストを手に取った。どういうわけか片面だけがっつり焦げているのを、ナイフでがりがりとこすり落としはじめた。

あたしのお皿に載っている目玉焼きは、周りが焦げているのに上のほうは生卵だった。ちなみに、パパのお皿の上の卵はほぼ炭だった。

「映画館の券と、水族館の券、いつものところに入れておいた」

「……わかった」

「そろそろ牛丼の券も来るぞ」

　仕方なくトーストに生卵を載せてほおばった。黄身はともかく、白身がでろっとしているのは気持ち悪い。それでも我慢して飲み込む。

　あの日から、朝だけはこうして変な食べ物を作ってくれるようになった。指を切って血まみれになったり、こぼれた油を踏んで滑って転んだり、やけどをした。同時にフライパンから炎が上がったり、火災報知機が鳴ったり、水浸しになったり、お皿やコップが割れたりした。それを二人であーでもない、こうでもない、と言いながらなんとかしているうちに、ぎこちなさとか、気持ち悪さが前よりもましになった。

　それに、「出張の予定をできる限りキャンセルした」、と言った。やっぱり、白石くんがうちに泊まるのが嫌みたいだった。伝言ボードも捨てた。

　考えても仕方ないことだけど、もう少し早くこうしてくれていたらママもここにいてくれたかもしれないのに、と思ったりする。でもそうしたらきっと白石くんとはこんなふうになれてなかったはずだから、欲張らず、今、手の中にあるものを大切にしようと思う。

　そして、白石くんは今日もおいしいお弁当を作ってくれる。食べているのは非常階段ではない。教室で、しかも池田や宮内、その仲間たちまで一緒だ。

「うわあっ」

あたしはお弁当のふたを開け、いつものようにその美しい弁当をながめた。

今日のメインは、コロッケだ。

「祐介の揚げ物、すごくおいしいけどなんで？」

「パンの耳をフードプロセッサーで砕いたパン粉を使ってるからかな」

みんな驚いて口もきけなかった。

そりゃあおいしいはずだ。

そして、今使っているのは曲げわっぱのお弁当箱。このお弁当箱だと、悔しいけれどご飯がとてもおいしい。

「白石ー。今度俺にも弁当作ってくれよ」

「ダメっ！」

充があたしのお弁当箱からコロッケを盗もうとしたので、とっさにその手をはたいた。白石くんはそんなあたしたちを冷めた目で見た。

「おれは別に、石館君の笑顔はいらない」

「そういう問題じゃない！　じゃあ陽菜、おまえ作ってくれよ」

「なんであたしが！　あんたに！」

青嵐高校の人とはもう会っていないらしい。共通の話題がなくて、会うたびに白石くんの噂話になってしまい、うんざりしたのだという。充とは一回だけデートをしたみたいだけれど、つきあうかどうかはわからない、と、陽菜は言い張っている。まだ陽菜をあきらめきれない宮内が、

「じゃあ、俺が弁当作ったら、考え直してくれる？」

「あたし、茶色いお弁当は嫌いよ」

「俺が陽菜に茶色い弁当の良さを教えてやる」

「黙れ宮内！」

笑い声が上がった。

「なあ、白石。ちょっとでもうちの練習、参加できねえ？」

そして池田は、白石くんのバレー部への勧誘が忙しい。

「いきなり部外者のおれが行ったら、ほかの部員にも悪いし」

「みんな待ってるぞ。龍波の実力、見せてくれよ。特に俺たちの学年、弱えんだよお。今から練習すれば、来年の春高バレーに間に合う」

「でも……」

「勉強なんて、それからすればいいじゃん。それにさ、部活やってたら大学の推薦だって取りやすいぜ」

白石くんを説得する言葉に、さらに熱がこもった。白石くんはうつむき、考え込んだ。みんなの視線が集中する。顔を上げる。あたしを見て、意を決したみたいに小さく、本当に小さくうなずいた。

決めたんだ。

それに気づいたら、背筋にぴりっ、と、感動みたいな何かが走った。

「父さんの一周忌が終わったら……多分……」

ためらいがちに答えた。意外な答えに、一瞬その場が、しいん、と、静まり返った。みんなが驚いたみたいに顔を見合わせた。池田なんかは、あんまり驚いてぼんやり口を開いたまま身動きも取れずにいたけれど、

「よっしゃ！」

すぐに満面の笑みで、ガッツポーズを作った。

「だったら話は早い。俺も今日、顧問に言うぞ」

「今日帰って……家族に話してみるよ」

「とにかく、スマホの番号、教えろよ」

「あ、ああ」

「俺の番号も教えておくから」

二人でスマホをのぞき込み、ああでもない、こうでもないと言い始めた。

「ところでさ」

今まで黙っていた佳乃があたしをつついた。

「まだ今でも、ぐらぐらしてんの？」

「ううん」

そう言ったら佳乃は意味ありげに笑った。

「やっぱり、愛は世界を救うのよ」

と、あたしと白石くんを見て微笑んだ。微妙に意味が違うような気がしたけれど、言ってることには共感した。

白石くんを見つめた。白石くんも気がついてくれた。ちょっとだけ笑いかけたら、白石くんも恥ずかしそうに笑った。

おわり

文芸社文庫NEO

弁当男子の白石くん

二〇二三年十一月十五日　初版第一刷発行

著　者　月森乙
発行者　瓜谷綱延
発行所　株式会社　文芸社
〒一六〇－〇〇二二
東京都新宿区新宿一－一〇－一
電話　〇三－五三六九－三〇六〇（代表）
〇三－五三六九－二二九九（販売）
印刷所　株式会社暁印刷

ISBN978-4-286-24721-2